Alexander Büchner

Lord Byron's Letzte Liebe

Zweiter Band.: Eine biographische Novelle

Alexander Büchner

Lord Byron's Letzte Liebe
Zweiter Band.: Eine biographische Novelle

ISBN/EAN: 9783743675162

Hergestellt in Europa, USA, Kanada, Australien, Japan

Cover: Foto ©Raphael Reischuk / pixelio.de

Weitere Bücher finden Sie auf **www.hansebooks.com**

Lord Byron's letzte Liebe.

Eine biographische Novelle

von

Alexander Büchner.

Zweiter Band.

Leipzig,
Theodor Thomas.
1862.

I.

Eines Abends erfüllte sich die Stadt Ravenna mit dem Geschrei: Hülfe! Hülfe! Mörder! Mörder!

Alles stürzte aus den Häusern und fragte nach dem Wer? Wann? Wo? Wie? Allein Niemand wußte eine rechte Antwort auf diese Fragen, Niemand wagte es auch, zur Ergründung des wirklichen Vorfalls, sich weit von seinem Hause zu entfernen.

Vor dem Gebäude, welches Lord Byron seit einigen Tagen bewohnte, war jener Ruf gleichfalls erschollen. Der Lord, welcher grade bei Tische saß, sprang auf und ging, von Fletcher gefolgt, die Treppe hinunter auf die Straße. Dort fand er den größten Theil seiner Dienerschaft, einige Nachbarn und Soldaten, alle lebhaft gesticulirend und noch lebhafter schreiend, beisammen. Auch von ihnen wußte Niemand etwas Rechtes, bis endlich ein Officier der in einer Kaserne vor der Stadt liegenden päpstlichen Besatzung die Straße herabkam.

Signor Diego! rief der Lord diesen an, den er vor kurzem kennen gelernt hatte, was ist vorgefallen?

Man meldet mir soeben, versetzte derselbe, ein Spanier, ziemlich kaltblütig, daß der Gouverneur der Stadt, dessen Adjutant ich bin, in einer der hier umliegenden Straßen ermordet worden sein soll.

Der Gouverneur! der Gouverneur! erscholl es nun vielstimmig aus dem umstehenden zahlreichen Haufen.

Dann lassen Sie uns schnell auf den Platz eilen, Capitän, rief der Lord, und die Beiden wandten sich zum Gehen, als den Dichter seine Diener und Nachbarn, den Officier seine Soldaten umdrängten und zurückzuhalten suchten.

Gehen Sie nicht, Eccellenza! Bleiben Sie, Capitän! scholl es von allen Seiten. Bleiben Sie! Lassen Sie den Todten liegen!

Und warum, fragte Byron, sich nach den Rufenden umwendend, warum soll ich nicht gehen?

Der Mann ist gerichtet! vom Volk gerichtet! Keiner darf sich seiner annehmen, so schollen die Antworten durcheinander.

Allerdings, Mylord, wandte sich nun der Spanier zu diesem, scheint mir Gefahr dabei zu sein, denn der Mann war unpopulär und seine gestrige Ankündigung des österreichischen Militärs, welches auf dem Marsch nach Neapel hier durchziehen soll, ist jedenfalls die Veranlaſſung zu der Mordthat. Mich ruft meine Pflicht, aber Ihnen rathe ich, von dem Todten wegzubleiben!

Wer ſagt, daß er todt iſt? Vielleicht liegt er nur ver= wundet und hülflos auf der Straße und kann gerettet werden. In meines Hauſes Nähe ſoll Niemand, der Hülfe bedarf, auf der Straße liegen bleiben, und wenn er mein Todfeind wäre.

Und ſich gegen den immer dichter werdenden Volks= haufen wendend, rief er: Der Mann iſt gerichtet, ſagt ihr? Wer hat ihn gerichtet? Sitzen hier die Mörder zu Gericht? Und wollt ihr an dem Unſchuldigen rächen, was die Schuldigen verbrochen? Der Gouverneur, ich habe ihn gekannt, war ein braver Mann, und Niemand ſoll mich hindern, mich ſeiner anzunehmen!

Fletcher ſtand vor ſeinem weiterſchreitenden Herrn, ein Bild des Erbarmens.

Mylord! jammerte er, was miſchen Sie ſich in fremde Händel? Haben Sie ſich in London je darum beküm= mert, wenn die Matroſen und Irländer ſich auf der Straße todtſchlugen? Mylord! ich habe Ihrer Mutter verſprochen, über Ihr Leben zu wachen.

Kein ſolches Wort mehr! rief der Lord erzürnt, oder Sie ſind aus meinem Dienſt, Fletcher! Weiber kann ich keine brauchen! Fort! Wer Muth hat, der folge mir!

Immer an der Spitze des Haufens voranſchreitend,

1*

waren Byron und Diego bis an die Ecke der Straße gekommen, wo die ihnen folgende Masse plötzlich still hielt.

Ein leises Stöhnen war hier aus einer schlecht erleuchteten Seitenstraße vernehmbar; sie eilten schnell hinein. Einige Soldaten folgten dem Officier, hinter dem Lord schritten Fletcher und Tita. Letzterer murmelte dabei zwischen den Zähnen: warum kann man den Hund nicht allein sterben lassen?

Die übrige Masse blieb unbeweglich an der Ecke stehen, Uniformen, die Livreen der Byron'schen Bedienten und gute Bürger durcheinander gemischt. Keiner wagte einen Schritt, so groß war die Furcht vor der, vielleicht auch die Sympathie für die Hand, welche den Gouverneur getroffen hatte.

Grade unter einer mattbrennenden Laterne, der einzigen der kurzen, engen und einsamen Straße, fanden die Herzueilenden einen Sterbenden. Es war in der That der Gouverneur der Stadt Ravenna. Er lag auf dem Rücken ausgestreckt, und drei Blutspuren auf seiner Brust verkündeten drei Wunden, welche übrigens nicht bedeutend schienen, da ihnen nur wenig Blut entflossen war. Aber die Blässe des Antlitzes, die Unbeweglichkeit des Körpers verkündeten, daß er nur zu gut getroffen war, und die Blutung nach innen erfolgt sein mußte.

Ganz leise kamen die Worte: O Dio! o Gesu! von den Lippen des Verwundeten, dann war er verschieden.

Auf das Geheiß ihres Oberen hoben die mitgekommenen Soldaten die Leiche auf ihre Schultern und trugen sie nach der Wohnung des Dichters, welcher dieselbe dem Adjutanten als nächstgelegen dazu angeboten hatte.

Ihm ist freilich nicht mehr zu helfen, äußerten sie fast zu gleicher Zeit. Sie hatten Beide schon mehr Leichen gesehen.

Als sie zu dem Volkshaufen an der Ecke kamen, stand er noch immer regungslos. Es war den meisten unbegreiflich, daß die Hülfeleistung ohne Verhinderung seitens der Mörder geschehen konnte, und in der That waren die Herzugekommenen vor der in der Nähe lauernden Bande nur durch den Umstand geschützt worden, daß einige derselben in dem Lord und Tita Carbonari erkannten. Auch war ja der Zweck erreicht und der Gouverneur todt.

Die Menge an der Ecke machte dem Zug sehr bereitwillig Platz. Der Lord und der Officier gingen der Leiche voran, Fletcher und Tita folgten, Letzterer mit einer bei der Leiche gefundenen Waffe, einem alten, frisch abgeschossenen Gewehr, welches er persönlich zu kennen erklärte.

Als man die Menge passirte, wurden die verschie-

benartigsten Aeußerungen des Mitleids mit dem Gou=
verneur laut, da er nun doch einmal todt sei.

Armer Junge! hieß es, Gott segne seine Seele! Mö=
gen die heiligen Märthrer für ihn beten! Dann schlos=
sen sich Alle dem Zug an, bis man vor das Haus des
Lords gelangte, dessen Bravour in dieser Angelegenheit
große Anerkennung gezollt wurde. Kaum war er in das
Haus eingetreten, als ihm auch schon einige Hochrufe
nachschallten, und die Menge trennte sich erst mit dem
wiederholten Geschrei: Evviva il signore Inglese! Evviva
il bravo straniero!

Der Lord schien indeß der Einzige, welchen dieser
Vorfall innerlich berührte. Fletcher dankte seinem Gott
für die überstandene Gefahr und begab sich dann wie=
der an seine Geschäfte. Tita bekreuzte sich einigemal, als
er vor der im Vorsaal hingelegten Leiche vorbeiging, um
sich in die nächste Cafeteria zu begeben, und der Spa=
nier, welcher die Leichenwache halten zu wollen erklärte,
stopfte sich dazu ganz gemüthlich eine Pfeife, ging im
Zimmer auf und ab und sagte zu Byron, als sich die=
ser zu ihm gesellte: Schade um ihn, er war ein guter
Soldat! worauf er von der zu erwartenden österreichi=
schen Truppe zu reden anfing.

Am nächsten Morgen früh wurde der Gouverneur
in möglichster Stille und nur mit den nothwendigsten
militärischen Ehren beerdigt. Die Verwirrung in der

Stadt war nicht gering, denn Niemand wollte befehlen, oder gar an die Stelle des Ermordeten treten, weil in diesem Fall ein ähnliches Schicksal zu erwarten stand.

Während Alles durcheinander lief und rannte und man von den Höhen vor der Stadt schon die anrückende österreichische Truppe wahrnehmen konnte, hielt es der Lord für gerathen, sein Haus, welches abermals ein Palast und citadellenartig gebaut war, verschließen und für mögliche Fälle in Vertheidigungszustand setzen zu lassen. Seine zahlreiche Dienerschaft gut zu bewaffnen, war ihm um so leichter, als er seit einiger Zeit immer ein kleines Waffendepot bei sich führte, wozu nach den Gesetzen des Carbonaribundes jedes vorstehende Mitglied desselben verpflichtet war.

Gegen Abend vernahm man die militärischen Signale der Oesterreicher vor den Thoren der Stadt. Erstaunt, nicht das Geringste zum Empfang seiner Truppen vorbereitet zu sehen, schickte der Commandirende starke Patrouillen zum Recognosciren herein.

Diese glaubten, in eine Gräberstadt gekommen zu sein, denn alle Fenster, alle Läden, alle Thüren waren geschlossen und nichts Lebendes zeigte sich in den Straßen, mit Ausnahme einiger Hunde, welche heulend hinter den Pferden der dahinsprengenden Husaren herliefen. Feindselige Anzeichen fanden sich jedoch keine vor und so rückten die Oesterreicher kurz vor Sonnenuntergang ein.

Es war ein schönes Corps, aus den drei Waffengat=
tungen bestehend, ein abgesonderter und für sich auf dem
Kriegsfuß eingerichteter Theil der größeren Armee,
welche von Mantua aus ihren Weg über Modena und
Bologna nach Florenz, Rom und Neapel nahm, wäh=
rend dieses Corps die Route über Ravenna, Ancona
und Capua machen sollte.

Die Reiterei rückte zuerst ein; es waren mehrere
Regimenter ungarischer Husaren in weißen, schnürenbe=
sehten Waffenröcken, blauen Dolmans, rothen Czakos,
den blitzenden Säbel in der Faust, auf kleinen, feurigen
Rossen. Dann kamen einige Batterien Fußartillerie,
deren Stücke in den öden Straßen schauerlich dröhnten
und rasselten; die Bedeckung, große slawische Gestalten,
schritt fest wie ein Mann daher, so fest, daß selbst die
Büsche, welche von den wunderlichen Hütchen dieser Truppe
wehten, sich alle zugleich im Aufschritt emporschnellten
und im Niederschritt herunterbogen, wie von einem
Wind bewegt. Die Sonne war schon herunter, als die
Infanterie in langen, weißen Colonnen folgte. Immer
und immer mehr zogen herein, und noch waren sie nicht
zu Ende, als der Zug stockte, die Spitze desselben hatte
jetzt das jenseitige Thor erreicht, immer ohne einer Seele
zu begegnen.

Der General hatte die Weisung, im Kirchenstaat,
als in einem befreundeten Lande, nicht feindselig aufzu=

treten. Jetzt ein Angriff! dachte er, und wo bliebe meine
Truppe in den langen, engen, dunklen Straßen? End=
lich kamen einige Husaren mit der Meldung, daß sie
vor dem Thor die Kaserne der schwachen päpstlichen Be=
satzung aufgefunden. Auch die Kunde von dem Mord
brachten sie mit.

Nach kurzer Ueberlegung hieß der General die Trup=
pen auf der Straße lagern, Feuer anzünden, von den
mitgebrachten Vorräthen zehren, sich kampfbereit halten,
alles wie auf dem Feld und in Feindesland. Allein kein
Angriff geschah; halb im Schlaf, halb im Wachen la=
gen die Soldaten in malerischen Gruppen bei ihren Feu=
ern die Nacht durch auf der Straße. Mit der Frühe
des nächsten Morgens ging es weiter, und kaum hatte
der letzte Oesterreicher die Stadt verlassen, da öffneten
sich Fenster, Läden und Thüren, und das frühere rege
Leben kehrte wieder.

Der Lord hatte von einem Fenster aus den Abmarsch
beobachtet. Die Hunnen sind über den Po! sagte er
vor sich hin, wer weiß, ob sie ihn je wieder passiren
werden? Ganz Italien wird hinter ihnen drein sein.
Mögen sie vergehen wie das Heer des Sanherib!

Wir erinnern an die geschichtlichen Ereignisse, welche
den Zug der Oesterreicher nach Neapel veranlaßten.

Die Gährung in dem größeren Theil des südlichen
Europa, welche den Pariser Friedensschlüssen folgte,

kam zuerst in Spanien zum Ausbruch, wo die Cortes=
verfassung ausgerufen wurde. Neapel folgte alsbald
diesem Beispiel, nachdem die Regierung mit der versprochenen Einführung einer Verfassung immerfort zögerte,
wie man sagte in Folge eines geheimen, gegen diese Einführung zielenden Vertrages mit Oesterreich, welches als
die in Italien entschieden vorwiegende Macht von den Patrioten, welche die Unabhängigkeit ihres Landes verlangten,
am meisten gehaßt wurde.

Zwar hatte der König Ferdinand und vorher schon
der Kronprinz, das sogenannte Alter Ego, die neue
Verfassung beschworen, allein die Mächte der heiligen
Allianz waren nicht gewillt, dieses gefährliche Exempel
zu dulden; sie stellten in ihren Congressen das Inter-
ventionsprincip auf und beschieden den König beider Sicilien selbst nach Laibach, um dort über die nöthigen
Maßregeln zu verhandeln.

Ferdinand I. erschien und erklärte den von ihm auf
die Verfassung abgelegten Eid für erzwungen. Die ganze
Bewegung wurde eine bloße Rebellion genannt, und
Oesterreich, mit deren Unterdrückung beauftragt, sandte
unter dem Befehl des Generals Frimont ein Heer gegen
Neapel.

Indessen war ganz Italien in fieberhafter Aufregung,
und von einem zu erwartenden Sieg der Neapolitaner,
welche, wie man vernahm, sich ernstlich zum Widerstand

rüsteten, hoffte man alles für die Freiheit und Unabhängigkeit des ganzen Landes. In Piemont brach eine ähnliche Bewegung aus, und in allen andern Theilen rüstete man, bald offen, bald versteckt, für einen bevorstehenden Entscheidungskampf.

Auch Lord Byron begeisterte sich lebhaft für die Sache der Neapolitaner. Hoppner war eines Tages von Venedig, ihn zu besuchen, gekommen. Er fand ihn damit beschäftigt, eine ziemlich bedeutende Summe in Gold einzurollen und nebst einem Brief zu verpacken.

Rathen Sie, wohin ich dieses Geld schicke? rief der Dichter dem Eintretenden zu.

Doch wohl nach England!

Bewahre! Nach Neapel! Es sind tausend Louis, welche geringe Summe ich dies geldbedürftige constitutionelle Gouvernement anzunehmen bitte von einem seiner Freunde, welcher im Augenblick nicht mehr für die gute Sache zu thun vermag. Könnte ich ihnen einen Napoleon geben, es wäre mir lieber.

Aber, Mylord, bei Ihrer jetzigen Geldverlegenheit!

Es ist wahr, ich bin in Verlegenheit. Die Papiere, welche ich in Händen habe, sind durch die Kriegsangelegenheiten gefallen, theilweise ganz außer Cours, ich erleide einen großen Verlust — allein die Neapolitaner werden doch so anständig sein, mir nach ihrem Sieg mein freiwilliges Darleihen zurückzuzahlen. Die Zinsen schenken wir dann den Barbaren.

Sind Sie denn dessen so gewiß, daß die Neapolitaner siegen?

Wer kann daran zweifeln? Sie sind tapfer, stark und in ihrem Recht. Und mit diesen drei Eigenschaften haben die Schweizer die Oesterreicher, die Holländer die Spanier, die Amerikaner die Engländer geschlagen, und die Franzosen haben die halbe Welt aus ihren Grenzen gejagt; bis sie sich einen Thrannen nahmen, der sie wieder hereinführte.

Und wenn auch! Was ist dadurch für das übrige Italien gewonnen?

Alles! Die Thrannei ist wie der Tiger; wenn er seinen ersten, gefährlichen Sprung gefehlt hat, zieht er sich feig zurück, verkriecht sich und kann leicht zu Tode gejagt werden. Alles wartet nur und ist bereit, dem Beispiel der Italiener zu folgen. Die Italiener sind noch keine Nation, aber sie haben das Zeug dazu, eine zu werden, das Material für eine tüchtige Nation!

Der Lord lud Hoppner zu einem Spazierritt vor dem Diner ein. Man ritt vor das südliche Thor und dann in ein demselben nahe gelegenes Olivenwäldchen, wo der Lord seit seinem Aufenthalt in Ravenna täglich seine Rosse zu tummeln pflegte.

Die Reiter waren noch nicht weit gekommen, als

ihnen ein Trupp bewaffneter Leute entgegenkam, welche, zwar ohne Uniform, allein in militärischer Ordnung, dahinmarschirten. Die Reiter hielten an, um die Gesellschaft vorbeizulassen; kaum war diese jedoch ihrer ansichtig geworden, als dem Lord von allen Seiten Grüße aus derselben zugerufen wurden und zuletzt der ganze Zug in ein schallendes „Evviva il Conte Byron!" ausbrach.

Was war das? fragte Hoppner, als die Bewaffneten vorbei waren.

Das waren die Americani! versetzte der Lord, durch die ihm gewordene Auszeichnung sichtlich geschmeichelt, ein besonderer Zweig des Carbonaribundes, welcher sich in seiner großen Ausdehnung in mehrere einzelne, besonders benannte Gesellschaften spaltet. Diese aber umfassen sich alle wieder unter dem gemeinschaftlichen Namen Patrioten und Liberale. Unsere Gegner haben eine ähnliche, aber natürlich nur sehr schwache Verbindung zu Wege gebracht und nennen sich, nach dem guten katholischen Glauben, welchen sie zu vertheidigen behaupten, Ritter vom heiligen Glauben und vom Kreuz, oder kurzweg Sansedisti.

Der Galopp eines Pferdes wurde hinter ihnen hörbar, ein einzelner Reiter sprengte, mit der Hand winkend, von der Stadt her. Die Engländer hielten ihre

Pferde an, und waren bald von dem Heraneilenden erreicht.

Sie, Graf Pietro! rief Byron erstaunt, den jüngeren
Gamba erkennend, ich dachte Sie in dem südlichen Theil
der Romagna.

Trotz des Mißverständnisses, welches zwischen dem
Lord und der Gräfin erwachsen war und ihren Verkehr
unterbrochen hatte, stand Byron mit den beiden Gamba,
als thätigen Bundesmitgliedern, noch immerfort in der
lebhaftesten Verbindung, wenn auch die frühere Vertrau-
lichkeit in etwas gewichen war.

Da war ich auch, versetzte der Graf, tief Athem
schöpfend und die Hand vom Pferde herüberreichend, und
komme eben von da, um zu melden, daß alles bereit ist,
bei der ersten Siegesnachricht aus Neapel den Aufstand
im Rücken der Oesterreicher zu erregen.

Ist schon ein Zusammenstoß erfolgt?

Noch nicht, aber der wackere General Pepe steht an
der Spitze einer wohlgerüsteten und schlaglustigen Armee und wird die Barbaren warm empfangen. Eine
Brücke an der Grenze des Kirchenstaates haben die Neapolitaner besetzt und eine Schaar päpstlicher Carabiniere, welche sie daran verhindern wollte, getödtet oder
zerstreut.

Also ist es wieder italienisches Blut, welches zuerst

in diesem Streit gegen auswärtige Tyrannei fließen mußte!

In Forli haben die Sanfedisten einen Streich von ihrer Seite vor, und fangen sie wirklich an, ehe die Nachrichten aus Neapel da sind, so sind wir am Ende gezwungen, dort und hier schon früher loszuschlagen.

Und das wäre das Beste, Pietro. Ich begreife schon die ganze Zeit her nicht, auf was man wartet. Es war ganz klug, daß ihr die Oesterreicher weit genug ins Land gelassen habt, um sie auch darin behalten zu können, allein dann auch drauf und dran von allen Seiten! Vielleicht erwarten die Neapolitaner auch Nachricht von euch, wie ihr von ihnen. Hier heißt es: gestanden wie ein Mann, Einer für Alle! Nur wenn das die Barbaren sehen, werden sie Respect haben. Besser in Einem losgeschlagen, als sich einzeln fangen lassen, was die Regierungen ja hier am Ende doch probiren könnten! Wenn ich zu befehlen hätte! Aber ich bin nur ein Parteigänger in eurer Sache.

Sie haben Recht, Mylord, und es soll und muß auch so gehen. Wie steht es mit der Munition?

Die habe ich zu besorgen übernommen, und es ist alles in Ordnung. Mein Haus ist eine kleine Festung mit einer guten Besatzung und beträchtlichen Vorräthen.

Ich schicke Ihnen heute noch einen Transport Gewehre.

Und wenn es losgehen soll, lassen Sie die Führer sich bei mir versammeln. Sie sind dort am sichersten vor einem Ueberfall und mitten in der Stadt in der besten Lage.

Also auf den Abend!

Der Graf sprengte nach der Stadt zurück, die beiden Andern ritten weiter.

Gott sei Dank, daß es nun endlich losgehen soll! sagte der Lord, ich kann nichts schlechter vertragen als das Abwarten. Das bringt mich in Unruhe, und kalt werde ich nur, wenn es ans Handeln geht.

Ich fürchte, Sie spielen ein gewagtes Spiel, Mylord, sagte Hoppner bekümmert, und können nicht mehr zurück, wenn Sie auch wollten.

Ich kann nicht und will nicht, lieber Freund . . . Wollen wir nicht ein wenig Pistolen schießen?

Sie wandten ihre Pferde einem in der Nähe befindlichen Pistolenstande zu, wo sich der Lord im Pistolenschießen, in welcher Kunst er schon lange eine renommirte Fertigkeit besaß, zu üben pflegte.

Jacopo, welcher zu Pferde gefolgt war, brachte den Schießapparat herbei, und die Engländer knallten auf eine Entfernung von dreißig Schritten eine Anzahl Schüsse herunter. Der Lord pflegte auf einen Fünffrankenthaler zu schießen, den er, so oft er den Kopf traf, was nicht selten geschah, dem als Zeiger fungirenden Diener schenkte.

Als sie in die Stadt kamen, tönte ihnen überall der Refrain des Lieblingsliedes der Americani entgegen: „Sono tutti soldat' della libertà“, wir sind alle die Soldaten der Freiheit! Eine kriegerische Aufregung schien allenthalben zu herrschen.

Im Palast des Lords angekommen, fanden sie Pietro Gamba dort vor. Die Gewehre sind bereits da, rief er ihnen entgegen, es ist alles in der Ordnung.

Ein Mann in der Blouse trat jetzt eilig auf Gamba zu und flüsterte eine Weile mit ihm. Es ist heute nichts; wandte sich dann der Graf an den Dichter; die Sanfedisten haben ihren Anschlag verschoben, wir müssen noch warten.

Daß die Schurken der —! fuhr der Lord auf. Nun, so kommen Sie wenigstens mit zu Tisch, Pietro, und überzeugen Sie sich, was Sie nie glauben wollten, daß ich, wenn ich mich gehörig geärgert habe, noch einmal soviel esse als gewöhnlich, und gar nichts trinken kann.

Es dunkelte, und der Lord trat mit seinen Gästen in das Haus.

Während des Diners wurde Byron abgerufen mit der Meldung, daß ihn Jemand im Vorzimmer zu sprechen wünsche.

Er entschuldigte sich für einen Augenblick bei seinen

Gästen und traf im Vorsaal, welcher gewöhnlich als Local für die Fechtübungen benutzt wurde und deßhalb mit verschiedenen Gattungen von Hieb- und Stichwaffen garnirt war, einen Officier der päpstlichen Dragoner, einen großen und starken Mann, in martialischer Haltung auf den Säbel gelehnt und an dem langherunterhängenden Schnurrbart drehend.

Ah, Sie sind es, Herr Capitän! rief Byron, ich habe Sie rufen lassen, weil das Pferd, welches Sie mir vorgestern als völlig gesund für fünfzig Louis baar verkauft haben, einen bedeutenden Fehler gezeigt hat.

Auf Ehre! ich wußte von diesem Fehler nichts.

Einerlei! Haben Sie sich davon überzeugt, daß er da ist?

Allerdings, allein ich muß Ihnen die Erklärung geben . . .

Ich bitte, mich damit zu verschonen! Ich habe Gäste, die ich nicht lange warten lassen kann.

Aber die Sache hängt so zusammen. Ich kam an dies Pferd durch —

Einerlei! wie ich schon sagte. Das Pferd hat den Fehler und es handelt sich nur darum, daß Sie es bald wieder an sich nehmen und den Kaufpreis zurückzahlen.

Da wäre doch noch zu überlegen —

Für einen redlichen Mann ist in einem solchen Falle gar nichts zu überlegen.

Mylord!

Herr Capitän!

Vergessen Sie nicht, daß ich ein Edelmann bin — ein österreichischer Edelmann, als welcher ich einen parmesanischen Paß von Graf Neipperg habe, und ferner, daß ich Officier bin.

Ob Sie Officier sind, ist mir grade so gleichgültig, als ob Sie keiner wären, versetzte der Lord kaltblütig, wenn Sie ein Edelmann sind, so beweisen Sie sich als ein solcher, indem Sie das Geld herausgeben, das Sie schuldig sind, und was Ihren parmesanischen Paß angeht, so wäre mir in diesem Augenblick ein parmesanischer Käse lieber.

Mylord! rief jetzt der Andere, indem er die Augen rollte und mit dem Säbel auf den Boden klirrte, Sie haben mich beleidigt und sind mir Genugthuung schuldig.

Ah, Sie wollen aus Ihrem Pferdehandel einen Ehrenhandel machen, und sind dann wohl auch gewohnt, einen Ehrenhandel wie einen Pferdehandel zu nehmen. Indeß — Ihre Genugthuung sollen Sie auf der Stelle haben. Hier! wählen Sie! Ziehen Sie den Säbel oder das Rappier oder den Degen vor? Oder befehlen Sie Pistolen?

2*

Und der Lord deutete auf die an den Wänden aufgehängten Waffengattungen.

Mylord! versetzte der Officier, Sie hatten noch im Augenblick so wenig Zeit mit Rücksicht auf Ihre Gäste, daß ich Sie jetzt nicht länger aufhalten will!

O! ich denke nicht, daß wir uns sehr lange mit der Sache aufhalten werden. Oder haben Sie vielleicht Lust, das breite Schwert des schottischen Hochlandes zu probiren? Hier habe ich ein schönes Paar.

Er nahm die gewichtigen Waffen von der Wand herunter und faßte die eine. Sein Gegner aber, die blitzende Klinge vor sich erblickend, sprang einige Schritte zurück mit dem lauten Geschrei: Zu Hülfe! zu Hülfe! Räuber! Mörder!

Sogleich öffnete sich die äußere Thür des Vorzimmers, und mehrere Officiere desselben Corps drangen mit gezogenen Säbeln herein. Ihnen aber fast auf dem Fuße folgend, erschien Tita mit einigen bewaffneten Dienern, und von der andern Seite eilten Pietro Gamba und Hoppner herein und bemächtigten sich einiger in ihrer Nähe befindlichen Waffen.

Dacht' ich's doch! sagte der Lord, der mit dem breiten Schwert in der Hand in der Mitte stehen geblieben war, daß ein Mann von Ihrer Courage, Herr Capitän, sich nicht allein in die Stadt und gar in diese Löwenhöhle wagen würde. Es steht nur an mir, Sie nicht hinauszulaffen — wie Sie es verdienen. Aber gehen Sie hin und behalten Sie die fünfzig Louis als wohlverdientes Trinkgeld! Ihr Pferd schenke ich Jedem, der es will.

Eine kleine Pause erfolgte. Einer der Officiere hatte ein Fenster aufgerissen und gab ein Signal mit einer Pfeife.

So! fuhr der Lord fort, Sie haben sich wohl einige Schwadronen zu Ihrer Hülfe hierher bestellt. Laß das Thor schließen, Tita!

Tita verschwand. Der Hufschlag von einer starken Reiterschaar schallte auf der Straße daher. Die Officiere wandten sich der Thüre zu und suchten die Treppe zu gewinnen, welche sie im Handgemenge mit den Dienern des Lords erreichten und hinabeilten. Jetzt aber ertönte auch von der Straße Geschrei — Waffenklirren — ein wilder Tumult, durch welchen mehre Schüsse knallten — dann ein unregelmäßiges Jagen von Pferden wie von einem zersprengten Reitertrupp.

Das Volk und die Verbündeten, welche diesen erwartungsvollen Abend auf der Straße zugebracht, hatten die Bewegung der Reiter nach dem Hause des Lords bemerkt und sich, als die Schwadron auf das Signal nach demselben hinsprengte, in der engen Straße ihr entgegengeworfen und sie zurückgetrieben.

Als die Officiere das Thor erreichten, fanden sie

es verschlossen und sich von einer Schaar Bewaffneter
umringt, welche Miene zum Angriff machten. Da kam
der Lord mit Gamba und Hoppner die Treppe herunter
und gebot Halt.

Sie sind meine Gefangenen, meine Herren! redete
er die Officiere an, denn Sie sehen, Widerstand und
Durchbrechen ist unmöglich, und wenn ich Ihnen auch
das Thor öffnen lassen wollte, so müßten Sie doch
der draußen versammelten Uebermacht unterliegen. Hier
sind Sie unter meinem Schutz. Ihr Wort, Ihre
Säbel nicht gegen uns zu gebrauchen, genügt mir, Ihnen
dieselben zu lassen.

Die Angeredeten ergaben sich nach kurzer Berathung
in ihr unvermeidliches Schicksal.

Gut bewacht und gut bewirthet! rief Byron Jacopo
zu, welcher die Gefangenen in das Innere des Gebäudes führte, dann ließ er das Thor öffnen und trat
unter die Versammelten, welche ihn mit lautem Freudengeschrei empfingen.

In einigen Worten des Dankes für die geleistete
Hülfe wurde er jedoch unterbrochen durch einen starken
Lärm, welcher vom südlichen Thore der Stadt herschallte.
Etwas Ernstliches mußte dort vorgefallen sein, denn
man vernahm ein beständiges, wildes Geschrei, zuweilen
eine regelmäßige Gewehrsalve und ein Geknatter von
einzelnen Schüssen dazwischen.

Die „Amerikaner", welche die Hauptmasse der be=
waffneten Versammlung bildeten, ordneten sich in Reih'
und Glied und eilten in der Richtung des Tumults
davon; Byron und Gamba hatten ebenfalls schnell aus
den Dienern des ersteren einen kleinen, wohlbewaffneten
Trupp gebildet und folgten. Die Masse des übrigen
Volks drängte hinterher.

Im Fortstürmen erinnerte Pietro lachend den Dich=
ter an die in ihrem besten Verlauf unterbrochene Mahl=
zeit.

Ich hatte doch Recht, sagte er, Sie sind nicht ein=
mal dazu gekommen, sich satt, statt zu viel zu essen.

Allerdings! allein die Unterbrechung ist dieses Opfer
schon werth, und mit meinem Aerger ist es nun ohne=
hin fertig, da es doch noch diese Nacht hier losgehen
zu wollen scheint. Hören Sie! schon wieder eine Salve!

Und wieder eine!

Und dort links! sehen Sie?

Was?

Den Feuerschein! Und jetzt die Flamme!

Es war eine schöne, mondhelle Nacht. Nur ein
leichter Wind kam vom Meere herüber und trieb zu=
weilen einzelne Wolkengruppen über den Mond, der
dann die ganze Gegend nur in einem grauen Schatten
zeigte, bald aber die weißen Häuser, welche fast alle

beleuchtet waren, die weite Ebene und die darauf ge-
streuten Baumgruppen wieder hell bestrahlte. Jetzt aber
war noch eine andere, stärkere Beleuchtung dazu gekommen, denn eine Häusergruppe, welche etwas links von
dem Thor ablag, durch das die „Amerikaner" und die
folgende Schaar herausstürmten, stand in hellen Flammen und beleuchtete eine zwar malerische, aber entsetz-
liche Scene. Leichen lagen auf der Straße zwischen
jenen Häusern umher, Schüsse blitzten noch zuweilen
aus Fenstern, aus denen schon die Flammen heraus-
schlugen, und während Frauen mit Kindern, ihre Hab-
seligkeiten rettend, aus den brennenden Häusern stürzten,
währte ein erbitterter Kampf zwischen denselben fort.
Die Dächer der meisten Häuser waren in vollem Brand,
denn an Löschen dachte Niemand, hohe Feuergarben
schossen an den tiefblauen Nachthimmel empor und
rötheten ringsumher das silberne Licht, mit welchem der
Mond dieses Bild anblickte. Die Veranlassung desselben war folgende gewesen.

In dem jetzt brennenden Quartier vor dem Thor
wohnten Leute der zwei verschiedenen Parteien, Sanfediften und Liberale, dicht beieinander, und was die
häufigen Reibereien zwischen diesen, welche in aufge-
regter Zeit natürlich nicht ausbleiben konnten, noch vermehrte, war der Umstand, daß sich innerhalb der Par-
teigegensätze auch noch zwei zahlreiche, einst nahbefreun-

bete und verwandte Familien in Privathaß einander
gegenüber standen.

Ein tragisches, allein nicht der Tragödie, sondern
der Wirklichkeit entnommenes Geschick wollte es, daß
die jüngste Tochter der zu den Sanfediften gehörigen Fa=
milie Contabini, Marietta, die Augen eines der jugend=
lichen Angehörigen der feindlichen Familie Monzoni
auf sich zog, und das Mädchen, unbekümmert um die
Zwistigkeit zwischen den Familien, entgegnete die Nei=
gung Nicolo's. Sie hofften sogar, durch ihre Vereini=
gung eine Aussöhnung beider Familien möglich zu
machen, und, um den ersten Schritt zu thun, hatte sich
Nicolo an diesem Abend in geringer Verkleidung, ohne
Parteiabzeichen und Waffen, in das Haus der Conta=
bini begeben, welche zu einer Festlichkeit alle nahen und
entfernten Verwandte und Freunde eingeladen hatten.
Mehre der älteren Contabini erkannten Nicolo wohl,
allein von seiner Annäherung an Marietta das Beste
hoffend, schienen sie ihn nicht zu bemerken und ließen
ihn ungestört mit Marietta tanzen und ihr alle Artig=
keiten erweisen.

Das Fest war in seinem besten Gang, und Nicolo
stand mit Marietta in einer Nische, Beide erfreut über
den sichtlich günstigen Erfolg seines Wagestücks und die
daran zu knüpfenden Hoffnungen, als eine Schaar von
jungen, entfernt wohnenden Verwandten der Contabini

ankam. Nach den erſten Begrüßungen erkundigte ſich
Einer derſelben, Maſetto, ein baumſtarker junger Burſche,
angelegentlich nach Marietta, und eine Zornesröthe flog
über ſein Geſicht, als er ſie in der Niſche in vertrau-
lichem Geſpräch mit einem Andern erblickte, denn er
ſelbſt mochte das Mädchen gut leiden. Als er aber
näher trat und den verhaßten Monzoni in ſeinem Nebenbuhler erkannte, ſtieg ſein Zorn aufs höchſte, und
er wäre ſogleich feindlich auf Jenen losgeſprungen, wenn
nicht die älteren Contabini ihn zurückgehalten und auf-
merkſam gemacht hätten, daß Nicolo in ihrem Hauſe
ihr Gaſt ſei. Allein Maſetto gab ſeine feindlichen Ab-
ſichten deswegen nicht auf.

Per Dio! ſchrie er in einem Vorzimmer, wo er einige
ſeiner jüngeren, heißblütigen Gefährten um ſich verſam-
melt hatte; ich will nicht Maſetto heißen, wenn der Hund
nicht heute noch mein Meſſer zu ſchmecken kriegt. Drauf
und dran ſind ſie, die Schurken, die ſich Patrioten heißen, uns in unſern Betten zu ermorden, und wollen
dann wohl gar zu unſern Weibern und Mädchen in die
Betten kommen!

Wir wollen ihn vor die Thüre thun und abſtechen,
meinte einer von Maſetto's Gefährten.

Nein! rief dieſer; Corpo di Bacco! Vor dem
Mädchen will ich an ihn, damit ſie den Geſchmack an
ihm verlieren ſoll, denn ſie macht ja Augen auf ihn

hin, als ob sie ihn verschlucken wollte! Das Weibsvolk hat doch immer Gefallen an allen Arten von Banditen.

Aber, wandte ein Dritter ein, die Alten . . .

Was die Alten! unterbrach Masetto's Bruder Pietro, wenn er sein Loch im Leib hat, wird's ihnen auch recht sein. Sie haben auch Grimm auf die Monzoni, und Ugo Contabini's zweitältester Sohn ist erst vor zwei Jahren von dem verdammten schwarzen Giuseppe Monzoni erstochen worden, ohne daß ein Hahn darnach gekräht hat.

Auf und drauf! rief Masetto wieder, ich mache den Anfang! Wer Muth hat, folge mir. —

So treff' ich dich morgen Abend nach Sonnenuntergang an der großen Cypresse, Marietta, flüsterte Nicolo grade dem tief erröthenden Mädchen zu und reichte ihr die Hand, um sie zu dem wiederbeginnenden Tanz zu führen, als einige rauhe Stimmen hinter ihnen erklangen. Sie blickten sich um und Masetto hatte sich schnell zwischen Nicolo und das Mädchen gedrängt, wobei seine Gefährten ihn umstanden.

Signor! begann Nicolo, an sich haltend, obwohl das Bevorstehende ahnend, ich führte eben das Mädchen zum Tanze.

Und nun, Signor, thue ich es, wie Sie sehen, höhnte Masetto.

Die Andern schlugen ein Gelächter auf.

Marietta hatte sich mit zornfunkelnden Augen von Masetto losgemacht, und Nicolo schritt wieder auf sie zu, Masetto, der sich wieder dazwischen drängte, mit dem Arm zurückschiebend.

Das war ein Vorwand zum Angriff.

Der Hund! der Schurke! schrie nun der Haufe. Ein Monzoni hat es gewagt, einen Contadini in seinem eigenen Hause anzugreifen. Nieder mit dem Banditen! Nieder mit dem Carbonaro!

Und im Nu drang die ganze Schaar auf den wehrlosen Nicolo mit gezückten Messern ein.

Hinter demselben befand sich eine kleine Emporbühne, auf welcher Erfrischungen aufgesetzt waren. Nicolo, ein gewandter und kräftiger Bursche, der sogleich erkannt hatte, daß sein einziges mögliches Heil nur auf einer schnellen, wohlgedeckten Flucht beruhe, sprang mit Einem Satz auf die Balustrade hinauf, stieß mit der Linken den Tisch mit allen darauf befindlichen Geräthen gegen seine Angreifer hinunter und erfaßte zugleich mit der Rechten einen daneben stehenden Schemel. Mit dieser improvisirten Waffe stieß er Pietro, welcher ebenfalls bereits auf die Balustrade gesprungen war und sein Messer nach ihm hob, auf die Brust, daß er zurücktaumelte, dann erhob er den Schemel in gewaltigem

Schwung und schmetterte ihn auf das Haupt des seinem
Bruder nachfolgenden Masetto nieder.

Es war ein antiker, eine Art von Centauren= und
Lapithenkampf mit modernen Motiven, welcher sich hier
entsponnen hatte. Der umgeworfene Tisch war mit
seinem ganzen Inhalt auf die Angreifenden hingestürzt,
welche sich zum Theil unter demselben wieder hervor-
arbeiten mußten. Zerbrochen lagen Krüge, Flaschen,
Gläser und Teller umher, glänzende Orangen und dicke
Melonen waren dazwischen gestreut, große Stücke Eis
glitzerten daneben, über alles strömte, unheimlich dunkel,
der rothe Wein. Mitten in diese Verwüstung gestreckt
lag Masetto in voller Länge, das Gesicht bleich, mitten
im Schädel eine breitklaffende Wunde, ähnlich dem
von Theseus niedergeschmetterten Centauren: „und Ge=
hirn und Most durcheinander schwabbelten“.

Auch das Treffen aus der Ferne sollte nicht fehlen,
denn kaum war der Tisch herabgestürzt, als auch schon
Einer der Angreifer einen der rollenden, schweren Wein=
krüge ergriff, erhob, um sein Haupt schwang und dann
in wohlgezieltem, gewaltigem Wurf nach Nicolo’s Kopf
entsandte. Dieser würde auch dem Fernhintreffer nicht
entgangen sein, hätte er sich nicht grade, den glücklichen
Augenblick nach Masetto’s Sturz benutzend, zur Flucht
nach einem offenen Fenster gewandt. Allein auch so
wurde der Wurf sein Verderben, denn der Krug zer-

schmetterte an der Wand und sandte ihm von da einen
vollen, mit Scherben und Splittern untermischten Strahl
mit solcher Macht ins Gesicht, daß er einen Schritt
zurückschwankte. Dennoch erreichte er das Fenster,
allein einer seiner Verfolger mit ihm, und er hatte sich
schon über die Brüstung gehoben, als ihm Dieser mit
wohlgezieltem Stoß sein Messer in den Nacken schwang.

Ein dünner Blutstrom sprang in den Saal zurück,
auf der andern Seite des Fensters aber stürzte der
Schwergetroffene in wuchtigem Fall auf das Pflaster
der Straße hinunter.

Im Saal war indessen ein entsetzlicher Tumult entstanden; die Musik schwieg, die Mädchen schrieen auf
und flüchteten, die älteren Contabini eilten zu spät zur
Schlichtung des Streits herbei. Einige von ihnen bück-
ten sich um Masetto, dem freilich nicht mehr zu helfen
war, Andere mischten sich unter die Streitenden, und
so kam es, daß durch ein blindes Ungefähr Einer von
ihnen eine schwere Messerwunde erhielt. Dies vermehrte die Verwirrung, der unglückliche Nicolo sollte
natürlich das alles gethan haben, und das Blut zweier
Contabini war nun an den Monzoni zu rächen. Die
Jüngeren stürmten zum Angriff hinaus auf die Straße,
allein sie trafen ihre Gegner schon selbst zu einem solchen vorbereitet.

Nicolo hatte nämlich seinen Plan einigen seiner

Freunde und Verwandten mitgetheilt, und nachdem ihm diese vergeblich davon abgerathen, hatten sie sich entschlossen, in der Nähe des Hauses der Contadini Wache zu stehen, um Nicolo nöthigenfalls Beistand leisten zu können. Die Ordnung, in welcher die Festlichkeit anfänglich verlief, beruhigte sie jedoch, und sie waren im Begriff, sich in ihre Wohnungen zu zerstreuen, als sie plötzlich den Tumult vernahmen.

Vor dem Hause anlangend, kamen sie grade noch rechtzeitig, um Nicolo verscheiden zu sehen, und während einige ihn aufhoben, liefen andere mit Wuthgeschrei und dem Ruf: „Zu den Waffen! Zu den Waffen!" nach ihren Wohnungen.

Bald hatte sich ein Straßenkampf zwischen den Angehörigen der beiden feindlichen Familien entsponnen, in welchen sich auch die Parteigenossen der beiden Seiten mengten, so daß man zwischen dem Ruf: Contadini! Contadini! — Monzoni! auch das Geschrei: Sanfedisti! Sanfedisti! — Americani! Carbonari! Liberali! vernahm. Der Bürgerkrieg war ausgebrochen.

Die Carbonari, welche in jenem Quartier an Zahl stärker waren als ihre Gegner, wären dieser schnell Meister geworden, allein der junge Zuzug, welchen die Contadini von mehren Seiten bekommen hatten, stellte das Gleichgewicht wieder her, und so währte eine Zeit lang ein gleichmäßiger Kampf.

Auf der Seite der Monzoni gewahrte man ein jun=
ges Mädchen mit fliegenden Haaren, welches lebhaft
zum Kampf anfeuerte. Die leidenschaftliche Marietta
war über jene Katastrophe nicht in leidende Thränen
ausgebrochen, sondern schon im Beginn des Streites
suchte sie sich an Nicolo's Seite zu drängen, allein im
Gewühl zurückgestoßen, hatte sie nur noch sehen können,
wie er, zum Tod getroffen, zum Fenster hinausstürzte.

Mit einem Racheschrei eilte sie, die Erste aus dem
Hause der Contadini, auf die Straße, eine Flinte, welche
sie irgendwo ergriffen, schwenkend, ladend und schon im
ersten Beginn des Kampfes gegen ihre Angehörigen, ob=
wohl nicht mit dem besten Erfolg abfeuernd. Doch tobte
sie während des ganzen Gefechtes stets vor der Position
der Carbonari her und setzte sich, während diese in küh=
lerem Muth sich in gedecktem Schießstand hielten, dem
feindlichen Feuer, jedoch ohne getroffen zu werden, ganz
offen aus.

Ein neues Unglück vermehrte die Verwirrung. Im
Getümmel des Streites war in dem Ballsaale Feuer
ausgekommen, und keiner der Fortstürmenden achtete
darauf, wie die Flamme, rasch genährt, an Vorhängen
und Guirlanden emporschlug. Bald wurde der Brand
allgemeiner, und als er nun durch das ganze obere, leicht
von Holz errichtete Stockwerk des großen Gebäudes em=
porschlug, ertönte ein Wuthgeschrei auf der Seite der

Contadini, welches ihre Gegner mit einem höhnischen Frohlocken beantworteten.

Die Sanfedisten glaubten das Feuer angelegt, schnell schlichen sich einige von ihnen hinter die Häuser der Patrioten, und bald tönte auch aus mehreren von diesen der Feuerruf hervor, dem die Flammen folgten.

Der Capitän Diego, welcher dem ermordeten Gouverneur im Oberbefehl über die Truppen gefolgt war, rauchte an diesem Abend in seinen Zimmern in der päpstlichen Kaserne ruhig seine Pfeife, als plötzlich das Kampfgeschrei mit den Parteinamen aus geringer Entfernung zu ihm herüberschallte. Er hatte in der letzten Zeit Verstärkung und zugleich die strengste Weisung erhalten, jeden Aufstandsversuch mit Gewalt der Waffen unnachsichtlich zu unterdrücken.

Bei dem Ruf: Sanfedisti! Americani! erlosch die Pfeife, und er ließ eine Abtheilung seiner Schlüsselsoldaten vor die Kaserne rücken. Nach einer Recognition des Sachverhalts hieß er dann die Colonne zur Unterstützung der Sanfedisten vorwärts gehen.

Die Füsiliere nahmen ihre Positionen an zwei Eingängen der Vorstadt und feuerten mehre erfolgreiche Salven gegen die Carbonari ab, welche sich in ihren brennenden Häusern nur schlecht zu decken vermochten. Der Sieg neigte sich auf diese Weise schnell und entschieden auf die Seite der Sanfedisten, als plötzlich die aus der Stadt zu Hülfe eilenden Schaaren auf dem Schauplatz erschienen.

Die eine Abtheilung der Füsiliere, welcher die Amerikaner grade in den Rücken und in die Flanke fielen, war im Augenblick über den Haufen geworfen und zerstreut, ebenso rollte sich die andere, bei Anblick des zahlreichen Succurses, den die Carbonari erhielten, in möglichster Eile auf und floh unter einem Kugelregen in die Kaserne zurück. Diego hielt es einer so bedeutenden und entschlossenen Macht gegenüber für das Beste, die Sanfedisten ihrem Schicksal zu überlassen.

Umsonst bemühten sich nun Byron, Gamba und die Anführer der Amerikaner, den letzten schrecklichen Folgen des Kampfes Einhalt zu thun. Ein kurzes Gemetzel in den jetzt gleichfalls brennenden Häusern der Sanfedisten erfolgte, in welchem Pardon weder geboten noch genommen wurde. Dann wurde es plötzlich still, der Rest der Patrioten in der unglücklichen Vorstadt zog sich daraus zurück, und nur die Flammen trieben noch ihr wildes Spiel in der Häusergruppe.

Plötzlich schleppte ein Trupp der Sieger ein Mädchen, welches sie mit der Flinte in der Hand ergriffen hatten, herbei.

Es ist Marietta Contarini! schrie der Eine.

Es ist die verfluchte Hexe, welche unsern braven Nicolo in ihr Netz gelockt hat! rief der Andere. Nieder mit ihr! Schießt sie zusammen!

Schon senkten sich mehre der Gewehrläufe gegen die Unglückliche, welche ganz willenlos schien und nicht den geringsten Widerstand leistete, als Byron schnell unter die Gruppe sprang und ausrief:

Zurück, ihr Mörder! Ein wehrloses Mädchen wollt ihr abschlachten? Schämt euch! Seid ihr Römer?

Allein sein Schutz würde hier wenig geholfen haben, denn hunderte von Armen hoben sich schon empor, um ihm ihr Schlachtopfer zu entreißen, da stürzten wieder einige Andere zwischen ihn und die Drohenden mit dem Ruf: Halt! halt! Marietta ist ein braves Mädchen! Sie hat mit uns gefochten! Sie war mit Nicolo einig!

Allerdings war ich das! rief das Mädchen, plötzlich auflebend, wer von euch hat ihn gerächt? Wer von euch hat seinen Mörder getödtet? Niemand! Er wäre in die Campagna entkommen, wenn ich ihn nicht erschossen hätte! Dort unter der Cypresse liegt er, der Verdammte, dessen verfluchtes Messer meinen Nicolo getroffen!

Brave Marietta! Tapfere Marietta! rief nun der plötzlich umgewandte Haufe. Evviva Mariucce! Evviva Marietta Contadini! Evviva Marietta die Heldin!

Von den Armen der Nächststehenden im Triumph

3 *

emporgehoben, zeigte das Mädchen jetzt wieder denselben kalten, marmorgleichen Ausdruck wie vorher.

Als dieser erste Taumel vorüber war, wußte man nicht, wohin mit ihr. Byron bot sogleich seinen Palast als einstweiligen Aufenthaltsort für sie an, und so wurde die Unglückliche dorthin gebracht.

Die Anführer der siegreichen Partei zogen sich mit Byron und Gamba in ein nahegelegenes Haus zurück, um Kriegsrath zu halten. Die Feindseligkeiten waren nun einmal von Seiten des Militärs eröffnet, und die Entschiedensten meinten, man solle, den günstigen Augenblick benützend, sogleich einen Angriff auf die Kaserne machen und das päpstliche Corps entweder gefangen nehmen oder vertreiben. Andere, namentlich Byron, waren gegen diesen Vorschlag, der Lord, weil die Citadelle fest und einer einmal alarmirten Vertheidigung gegenüber und gar in der Nacht nicht einzunehmen sei, der kaltblütige Spanier werde überdies eher durch Unterhandlung als durch Gewalt zum Abzug gebracht werden, und das Scheitern eines sofortigen Angriffs müsse nothwendig einen sehr ungünstigen moralischen Eindruck machen. Warten wir die Sache ab, riefen wieder Andere, bis die neapolitanischen Siegesnachrichten da sind! Dann wird das ganze Land sich erheben, und wir werden Diego auf Gnade und Ungnade haben. Seine Truppen schließen sich uns dann mit Vergnügen an und helfen die Reste der Oesterreicher niedermachen, welche sich allenfalls bis an den Po verlaufen sollten.

Nach langem Debattiren kam man überein, einen Beschluß erst am folgenden Tag zu fassen.

Mitternacht war längst vorüber, als man auseinander ging. Als Fletcher im Gefolge seines Herrn die verwahrloste Marietta ankommen sah, überkam ihn ein cimbrischer Schrecken, denn er glaubte, eine vermehrte und verbesserte Auflage der Fornarina zu erblicken, beruhigte sich aber schnell, als er das Schicksal der Unglücklichen vernahm.

Allein diese Nacht sollte keine Ruhe im Haus des Lords einkehren, denn als man sich grade zu Bette begeben wollte, klopfte es laut am Thore, und ein einzelner Reiter begehrte Einlaß.

Mit einem Freudenschrei öffnete Tita, denn er hatte Trelawney's Stimme erkannt. Gleich darauf trat dieser, staub- und schmutzbedeckt, mit allen Spuren eines weiten Rittes ins Zimmer zu seinen Freunden.

Endlich! endlich! riefen Diese. Sie bringen die Siegesnachricht.

Nein! ich bringe sie nicht! rief Trelawney; es ist Alles verloren!

Verloren! Unmöglich! Wären die Neapolitaner geschlagen?

Noch nicht! Aber sie werden geschlagen werden!

Und Trelawney bat erst um eine kurze Pause, um sich zu erholen und zu erfrischen und dann zu erzählen. Die Andern saßen in athemloser Stille, bis er den Reitüberrock abgeworfen und einige Gläser starken Getränkes hinuntergestürzt hatte.

Alles ist verloren! wiederholte er dann; verloren durch Verrath auf der einen, durch dummes Kindervertrauen und politische Kurzsichtigkeit auf der andern, durch überwiegende Gewalt auf der dritten Seite. Ihr glaubt alle, die Neapolitaner seien gegen den Angriff der Oesterreicher aufs beste gerüstet?

Allerdings!

Sie sind es nicht! In den Abruzzen steht der wackere General Pepe mit zehntausend Mann, nicht mehr und nicht weniger, davon dreitausend reguläres Militär, die Uebrigen zusammengelaufene Milizbataillone, fast ohne Reiterei, fast ohne Geschütz, ohne das geringste Magazin zur Verpflegung seiner halbverhungerten, halbnackten Truppen, ohne Geld, ohne Alles.

Und das Parlament? Und die Regierung?

Das Parlament und das Volk sind betrogen, die Regierung, mit dem Alter Ego, dem Kronprinzen an der Spitze, sind die Betrüger. Jene vertrauen auf ihre Sache, daß Gott erbarm'! als ob die gerechte Sache ohne Bajonnette jemals in aller Welt gewonnen hätte! Gesetz und Recht, sagte mir so ein Parlamentsschwätzer in meinen Bart hinein, seien die besten Festungen gegen die Oesterreicher.

Und das erfährt man jetzt erst?

Natürlich weil sie fast alle noch selbst an dieser Einbildung krank sind, und wenn auch nicht, so würden die Verräther im Innern dennoch durch günstige, aber falsche Nachrichten das übrige Italien von dem nöthigen Aufstand zurückhalten. Der König, sagten sie im Parlament, sei durch falsche Räthe betrogen und glaube, die Bewegung, welche ihn zur Annahme der Verfassung genöthigt, sei nur eine künstlich gemachte Revolte. Wenn er aber jetzt bei seiner Rückkehr vom Congreß einsehe, daß das ganze Volk einmüthig die Constitution wolle, werde er die Oesterreicher wieder nach Hause schicken, als constitutioneller Fürst regieren und ganz zufrieden sein. Ein ungünstiger Widerstand könne die Sache nur verschlimmern, den Feinden der Constitution nur schlechte Vorwände geben.

Und was thaten die Generale?

Wilhelm Pepe, sein Bruder Florestan, Carascosa und auch noch Andere sind brav und gut, aber die Hände sind ihnen gebunden. Allein viel politischen Verstand haben sie auch nicht. Die Oesterreicher, sagte ich kurz nach meiner Ankunft zu ihnen, sind noch in der Lombardei. Warum proclamirt ihr nicht die Einheit und Unabhängigkeit Italiens? rückt dann vor und werft erst

 den Papst über den Haufen, dann die großen und klei=
nen Potentaten in Toscana, Modena, Parma und wie
sie alle heißen, vereinigt euch mit den Piemontesen und
greift eure Erbfeinde an ihrem wundesten Fleck, in der
Lombardei an, wo ihr Bundesgenossen genug findet!
Das wäre vielleicht das Beste, meinten die Generale,
wir wissen, daß Alles zu unserm Empfang bereit ist,
aber das Parlament und die Junta werden es nie zu=
geben.

So thut es auf eure eigne Faust! versetzte ich.
Werden eure Truppen euch nicht folgen?

Allerdings, allein das geht gegen unsere beschworenen
Pflichten!

Und was kümmern sich eure Gegner um ihre be=
schworenen Pflichten?

Nichts, allein — es geht nicht.

So haben sie den günstigen Zeitpunkt verpaßt, und
nun stehen die Oesterreicher an ihren Grenzen.

Und die Carbonari?

Sind viel zu schläfrig! Das kam von dem officiel=
len Schutz, den sie genossen. Als sich die Gesellschaft
im Jahr 1813 bildete, wurde sie anerkannt und belobt,
und der römische Stuhl erklärte, es bedürfe an der
Himmelspforte nur den Wink eines Carbonaro, um Pe=
trus dieselbe öffnen zu machen; denn damals waren sie
die Feinde des Ursurpators, Murats. Jetzt sind sie

verloren, wenn sie sich nicht bestens ihrer Haut wehren.

Und sieht denn das Parlament nicht, daß es verrathen ist?

Wenige! die meisten nicht. Einige wollen es nicht sehen. Die Regierung hat alles vergessen, was zum Schutz des Landes nöthig war, sie hat vergessen, Gewehre anzuschaffen, die leicht zu bekommen waren, so daß Pepe's Infanterie mit Flinten des verschiedensten Kalibers, zum Theil nur mit Piken, bewaffnet ist. Sie hat die Tornister der Soldaten vergessen, und als Pepe immer mehr darauf drang, bestellte man endlich in der Eile eine Anzahl Leinwandsäcke. Während sie Kleinigkeiten vergaß, wie zum Beispiel auch noch die Patrontaschen, hat sie nicht unterlassen Großes zu vergessen, wie die nöthigen Gesandtschaften zwischen Frankreich und England, um den versprochenen Schutz anzurufen. Die Soldaten und die Nationalgarden liefen herbei, aber auch wieder fort, denn sie fanden weder Nahrung, noch Kleidung, noch Waffen, noch Sold.

Warum ließen sie ihren König nur aus dem Lande?

Als er abreisen wollte, schickte er eine Botschaft an das Parlament, worin er sagte, er wolle dem Laibacher Congreß erklären, daß die angenommene und beschworene Constitution sowohl sein als des ganzen Volkes Wille sei; dadurch werde die Gefahr des drohenden Krie-

ges abgewendet werden. Und auf diesen elenden Vorwand hin ließen sie ihn gehen.

Was er auf dem Congreß erklärte, wissen wir! rief
Byron; Zwang, Furcht und Verrath hätten ihm die
Constitution aufgenöthigt. Als das fertig war, ging
man seinem Vergnügen nach, und jeder neapolitanische
Unterthan konnte mit Genugthuung lesen, wie die Hunde
König Ferdinands I. von Sicilien neben denen des
Kaisers aller Reussen, Czar Alexander, großes Lob er-
hielten.

Was für Hunde?

Eigentliche Hunde! Jagdhunde, glaub' ich.

Jetzt erläßt er aus dem Lager der Oesterreicher
drohende Proclamationen an sein Volk gegen Jeden,
der es wagen wird, der Execution der heiligen Allianz
Widerstand zu leisten. Es ist ein Verrath — ein Verrath, wie er leider nur zu viel Vergleiche findet.

Aber eine Schlacht ist ja noch nicht geschlagen, Trelawney, warf Gamba ein, so sagen Sie selbst. Man
kann ja noch nicht wissen, wie sie ausgeht!

Eine Hoffnung gibt es noch, sagte Trelawney, freilich ist sie schwach genug. Sie beruht auf einem Angriff Pepe's auf die Oesterreicher, und daß er ihn
machen wird, hat er mir versprochen, er hat ihn vielleicht schon gemacht. Wenn er nicht die strenge Anwei-
sung hätte, sich in den Abbruzzen zu halten, würde er

sie verlassen und einen Guerillakrieg in Calabrien —
sein Lieblingsgedanke, denn er ist ein Calabrese — angefangen haben; denn, meinte er, zieht sich die Regierung mit dem Parlament nach Sicilien zurück, so haben
wir auf der Seeseite die Festen von Gaëta und San
Elmo, und daß wir auf der andern Seite in den Bergen Widerstand leisten können, haben schon häufige
Beispiele bewiesen. Das wäre aber nur ein Todeskampf.
Greift er dagegen an und erringt nur den mindesten
Vortheil, so werden ihn seine Truppen weiter fortreißen,
und der Erfolg wird die Regierung, das Parlament,
das ganze Volk mitnehmen.

Aber ein Angriff gegen eine solche Uebermacht —

Wahr! Und was, wenn er den Angriff abwartet?
Die österreichische Truppe, ich habe sie gesehen, ist zahl-
reich, wohlgenährt, vortrefflich gerüstet, ein Corps von
kriegserfahrenen, muthigen Soldaten. Wie soll er ihnen
Widerstand leisten, wenn s i e angreifen? Wie ich Ihnen
sage, es ist Alles, Alles verloren! Gute Nacht, meine
Herren!

Mit diesen trostlosen Worten verließ Trelawney das
Zimmer. Die andern Drei saßen lange schweigend.

Ich vertraue noch immer auf Pepe, sagte dann
Pietro Gamba, er ist ein tüchtiger General und ent-
schlossener Mann und hat in Neapel seine Schule gemacht, denn drei Jahre, von 1802 bis 1805, hat er als

junger Mann, wegen geringfügigen und falschen Ver-
dachts, in der Felsencisterne auf der Insel Maratino
gelegen, aus welcher jene wohlwollende Regierung ein
Staatsgefängniß machte.

Der Morgen war schon am Anbrechen, als endlich
im Palast des Lords die Lichter erloschen, und die Er-
müdeten einen sorgenvollen Schlummer fanden.

II.

Graf Guiccioli war mittlerweile mit Teresa von dem Schloß am Po weggezogen. Nach einem kurzen Aufenthalt in Rom begab er sich mit ihr nach einem anderen Landgut, welches nicht weit von der Stadt Forli, einem Hauptsitz der Sanfedisten, entfernt war.

Trotz der Abspannung und der Gleichgültigkeit gegen äußere Dinge, welche auf der Gräfin lasteten und sie willenlos ihrem Gemahl folgen ließen, bemerkte sie in diesem eine ungewöhnliche Thätigkeit. Er erhielt und schrieb viele Briefe, und Boten und Besuche kamen und gingen täglich. Von ihrem Bruder bekam sie nur spärliche, von ihrem Vater, der, wie sie wußte, sich in Neapel befand, gar keine Nachrichten.

Eines Tages war der gewöhnliche Verkehr des Grafen aufs lebhafteste gestiegen, und er, der die Gräfin selten aus dem Auge ließ, hatte in seiner vielfachen Beschäftigung keine Aufmerksamkeit auf sie. Als nun gar Mittags ein staubbedeckter Bote in der Richtung von

Rom hergesprengt war, wurde der Graf für Jedermann unsichtbar und schloß sich mit dem Angekommenen längere Zeit in seinem Cabinet ein.

Die Gräfin machte unterdessen einen Spaziergang in dem an die Villa stoßenden Bosquet. Da nahte sich dem Gitterwerke, welches dasselbe von der äußeren Umgebung trennte, eine große Mönchsgestalt, tief in die Kutte gehüllt, und streckte, um ein Almosen flehend, die Hand aus.

Teresa trat näher und war aufs höchste überrascht, als der Mönch die Kapuze lüftete und sie ihren Vater in ihm erkannte.

Still, Teresina! flüsterte der Graf, eine unvorsichtige Bewegung kann uns verrathen, die Villa ist von unseren Feinden bewacht, deswegen diese Verkleidung. Uns allen droht Gefahr, ich komme dich zu warnen.

Um Gottes Willen, Vater, wo ist Pietro?

An seinem Posten! Die Sachen in Neapel stehen schief, und Graf Guiccioli spinnt mit dem Papst, den Cardinälen und den Oesterreichern Verrath gegen die Patrioten der Romagna und in den Legationen.

Deswegen die vielen Boten, Briefe und Besuche!

Deswegen! Du weißt, die Romagna ist halb im Aufruhr, und wo die feindliche Macht nicht allzustark ist, steht das Volk gegen die Regierung und die Fremden unter den Waffen. Gestern wurde auf der Straße von Bologna nach Ferrara ein Spion aufgegriffen und erstochen.

Mein Gott!

Hundeblut! Die Hauptsache sind die Papiere, welche wir bei ihm gefunden. Nach allem, was wahrschein- lich ist, werden die Oesterreicher Sieger bleiben, und darauf haben sie in Rom ihren Plan gebaut. Man wird eine falsche Siegesnachricht der Neapolitaner fa- briciren, sie unter die Patrioten der Romagna und der Legationen verbreiten und Diese dadurch unter die Waf- fen bringen, um sie nachher durch päpstliche und österrei- chische Truppen ganz sicher vernichten zu können. Auf un- sere Freunde in Ravenna ist es ganz besonders abgesehen, sie sollen durch eine Aufforderung zum Zuzug nach Faenza gelockt und dort getödtet oder gefangen genom- men werden.

Und sie sind schon benachrichtigt?

Noch nicht, ich allein weiß um den Inhalt der Pa- piere. Dort haben wir noch Zeit; allein hier ist keine zu verlieren, denn auch du bist in Gefahr.

Ich? Was kann man von mir wollen?

Lies diesen Brief des Grafen, den wir bei dem Spion gefunden haben. Sobald es Abend ist, mußt du von hier mit mir entfliehn. Du kannst doch unter einem Vorwand in dies Bosquet gelangen?

Ich denke wohl!

Für das Uebrige laß mich sorgen. Um acht Uhr, Teresina!

Teresa eilte mit dem Briefe in eine Laube und las. Adresse und Unterschrift führte das Schreiben nicht, allein der Inhalt ließ sie leicht errathen, von wem und und an wen es gerichtet war.

„Wertheste Freundin!" lautete es; „Sie werden über das Schicksal Ihrer Freunde in der Romagna in Sorgen sein und insbesondere nicht wissen, was Sie für dieselben thun sollen. Wir stehen hier auf einem Vulkan, werden aber dessen Ausbruch auf die Häupter unserer Feinde lenken. Die beifolgenden Schreiben belehren Sie über den Stand der politischen Angelegenheiten und darüber, was seitens unserer Freunde in Venedig und in der Lombardei zu thun ist, um die Feinde der guten Sache aus ihren Schlupfwinkeln zu locken und sie nachher von der Strafe des Himmels desto sicherer treffen zu lassen. Hier benachrichtige ich Sie nur von dem Stand einer Privatangelegenheit, für welche Sie sich zu interessiren die Güte hatten.

„Die Kleine scheint jetzt bezähmt, seitdem der Freund sie mißverstanden und verlassen hat, sie verhält sich ganz ruhig und ist in allem gehorsam. Allein ich bin der Sache müde, und um ihr Gelegenheit zu geben, das bevorstehende Schicksal des Freundes nach seiner Erfül-

lung mit Muße beklagen zu können, habe ich das Ihnen
schon bekannte Scheidungsproject ganz in der Stille be-
trieben. In Betracht der von mir geleisteten Dienste
zögert der heilige Stuhl nicht, die Scheidung auszu-
sprechen und die Kleine zugleich mit deren Verkündi-
gung in ein Kloster zu verweisen. Die Ausführung
wird mir überlassen bleiben, ich erwarte in diesen Tagen die Zusendung des Decrets aus Rom. — So würden wir dann mit einem Schlag zwei fatale Dinge vom
Hals haben. Versäumen Sie nicht, die in den Beila-
gen angeordneten Maßregeln zu richtiger Ausführung zu
bringen. — Der Ueberbringer dieser Schreiben ist ein
gewandter Emissär, der als enragirter Carbonaro seinen
Weg durch die insurgirten Gegenden zu machen wissen
wird.“

Trotz der fehlenden Unterschrift hatte die Gräfin
die Handschrift Guiccioli's erkannt und aus der Mittheilung ihres Vaters wie aus dem Briefe die ganze
Gefahr übersehen, welche ihr und ihren Freunden so
nahe drohte. Der nächste Augenblick der Ueberlegung
sagte ihr, daß der Graf mit dem heutigen Boten aus
Rom das erwartete Decret erhalten haben mußte, denn
nur die nahe Siegesgewißheit konnte es sein, welche ihn
seit dessen Ankunft seine gewöhnliche Aufsicht über sie
so ganz vernachlässigen ließ.

Flucht um jeden Preis, war der erste Gedanke der

bedrängten Frau, ein glücklicher Rückzug die nächste Ueber=
legung der Römerin.

Denn der Pflichten gegen ihren Gatten war sie jetzt
moralisch wie juristisch entbunden, sie durfte von ihm
fliehen, was sie früher nicht wagen wollte; allein wird
er das Document, welches ihre Berechtigung verkündet,
im Fall ihrer Flucht nicht zurückhalten, wo nicht ver=
nichten? Als Geschiedene dem Kloster entgehen, die
Freunde retten und zu ihrem Vater fliehen, das war
jetzt das Ziel ihrer Ueberlegung.

Der Bote hatte den Grafen wieder verlassen, und
Dieser saß nachdenklich vor seinem Secretär, die erhal=
tenen Papiere vor sich ausgebreitet; es waren, wie die
Gräfin richtig vermuthet hatte, die Urkunden, welche er
von Rom erwartete.

Also um den Schein des Zwangs zu vermeiden,
sagte er vor sich hin, soll ihr die Wahl gelassen sein,
ob sie ins Kloster gehen oder in das Haus ihres Va=
ters zurückkehren will! — ich habe ihr einen Gehalt
von zwölfhundert Kronen jährlich auszuzahlen — der
heilige Vater ist billig, es ist ungefähr der hundertste
Theil meines ständigen Einkommens. Die Wahl wird
ihr nicht schwer fallen, denn ein Haus ihres Vaters
wird bald nicht mehr existiren — und auch Niemand,
um ein solches wieder zu errichten. — Auch ohne das,
meint der heilige Vater wohl, ich würde die Wahl schon

selbst treffen. — Und wann die Ausführung? — heute noch oder morgen? wir wollen sehen! — Wo ist sie denn eigentlich? Vergaß ich doch den ganzen Mittag, mich nach ihr umzusehen!

Die Gräfin saß noch immer in der Laube, den Brief in der Hand, in tiefem Nachdenken. Die Dämmerung nahte schon. Plötzlich vernahm sie ein Geräusch vor sich — der Graf stand vor ihr.

So einsam, meine Taube! sagte er, und ernsthaft beschäftigt! Und mit was denn?

Er griff nach dem Brief, welchen sie vergebens zu verbergen suchte.

Hölle und Teufel! fuhr er auf, das Papier erfassend, mein Brief an die Mammoni! Verrath und Mord! denn Giacomo hat ihn nur mit seinem Leben hergegeben! Wo haben Sie den Brief her, Teresa?

Die Signora Mammoni, versetzte die Gräfin, schnell gefaßt, welche mir so wohl will, hat ihn mir zugesendet, um mich in meinem Schicksal zu trösten, welches sie wahrscheinlich schon erfüllt glaubte.

Leere Ausflüchte! Redensarten! Lügen! schrie der Graf; Verrath, Verrath ist im Spiele! Mord! Aber noch ist es Zeit. Sehen Sie hier, Teresa! wir sind geschieden, und nun fort, auf der Stelle fort! nach Rom! ins Kloster! He! Jacopo, Geronimo! sattelt die Pferde! schnell! und den Wagen für die Gräfin! Alles wird

4*

bewaffnet, was Hände hat! Wir sollen hier von Räubern überfallen werden! Fort! schnell!

Die Gräfin las und schwankte auf ihren Füßen, denn da stand es, ins Kloster — oder — Rückkehr zu ihrem Vater. Sie trat einen Schritt zurück.

Ich habe gewählt! ich bin entschlossen! rief sie, ich will zu meinem Vater!

Wer hat Sie denn um Ihren Willen gefragt? versetzte der Graf höhnisch. Ich will, daß Sie in ein Kloster kommen, und darum reisen wir ab nach Rom, gleich auf der Stelle! Sie werden in den Wagen steigen, wie Sie hier sind, sobald er fertig ist!

Nur noch eine Rettung war jetzt möglich: ein zeitiges Eintreffen des Grafen Gamba, welcher keinenfalls ohne eine starke Begleitung kommen konnte. Allein fast eine Stunde hatte bis zu der von ihm festgesetzten Zeit zu verstreichen, und wenn Teresa auch einen Theil derselben herumzögern zu können hoffte, so war doch der Graf durch den bei ihr entdeckten Brief so mißtrauisch geworden, daß er die Abreise aufs schleunigste betrieb.

Eine trübe Nacht war auf die Romagna hergezogen; der Mond stand zwar am Himmel, allein häufiges und dichtes Wolkenspiel wälzte sich vor ihm vorüber, getrieben von einem starken, stoßweise einfallenden Wind, welcher die Fenster der Villa zittern machte. Zuweilen leuchtete ein greller Blitz aus den dunkeln Wolken über die Ebene hin, das bleiche Mondlicht für einen Augenblick verdrängend.

Die Gräfin war auf einen barschen Befehl ihres Gemahls in das Haus zurückgekehrt und lehnte auf einem Divan. Alle seine Aufforderungen, sich zur Abreise zu bereiten, hatte sie mit beharrlichem Schweigen angehört und vernahm auch ebenso seine wiederholte Drohung, daß er sie, wie sie gehe und stehe, in den Wagen bringen werde.

Jetzt trat ein Diener mit der Meldung unter die Thüre, daß der Wagen bereit und alles zur Abreise fertig sei.

Es ist gut! sagte der Graf. Teresa, kommen Sie!

Ich gehe nicht! rief die Gräfin; Sie sind von mir getrennt, Sie haben mir keine Sylbe zu befehlen, ich verlange, zu meinem Vater gebracht zu werden.

Dieses Verlangen haben Sie schon mehrfach geäußert, versetzte der Graf kalt, es ist lächerlich, es so oft zu wiederholen. Wenn Sie nicht gutwillig gehen, werde ich Sie durch die Bedienten in den Wagen bringen lassen müssen.

Pause. Teresa glaubte ein Geräusch von Pferden zu hören.

Es sind die Pferde unserer Bedeckung, welche Sie

hören, höhnte Guiccioli, ihr Aufhorchen bemerkend. Sie kommen nicht? He, Geronimo! Battista!

Die Gerufenen erschienen.

Die Gräfin ist unwohl und kann nicht gehen! Tragt sie in den Wagen!

Als die Bedienten sich ihr näherten, erhob sie sich und ging langsam durch das Zimmer und die Treppe hinab.

Einige Minuten darauf saß sie in einem leichten Cabriolet, der Graf ihr zur Seite. Zwei Rosse schäumten vor demselben in die Zügel. Eine Escorte von einem halben Dutzend berittener und bewaffneter Bedienter umgab den Wagen, der Graf gab ein Zeichen, und mit Windeseile brausten die Rosse auf dem breiten und glatten Weg nach Cesena dahin.

Die Hufschläge waren kaum verhallt, als von der Seite von Forli eine Reiterschaar sich der Villa näherte. Auf ein Zeichen des voranreitenden Führers hielten sie in einiger Entfernung an, derselbe stieg ab, ebenso der ihm zunächst folgende Reiter, und Beide machten sich zu Fuß nach dem an die Villa anstoßenden Garten. An dem Gitter ankommend, blickten sie hindurch, allein keine Seele zeigte sich, das Bosquet lag finster und einsam da, und seine Cypressen neigten in regelmäßigen Zwischenräumen vor den Windstößen ihre hohen, spitzen Häupter. Auch die Villa selbst war still wie das

Grab, kein Licht sprach von der Anwesenheit eines Menschen.

Per Dio! murmelte der Graf, er muß Wind bekommen haben und ist ausgeflogen! Cuno! wandte er
sich an seinen Begleiter, dich kennt hier Niemand, klopfe
am Eingang und suche herauszubringen, ob der Graf
Guiccioli sich drinnen befindet.

Ganz zu Befehl, Herr Graf! versetzte der Deutsche
und ging.

Cuno war seinem Herrn, Trelawney, auf der Reise
nach Neapel gefolgt, wo dieser mit dem Grafen Gamba
zusammentraf. Als der Capitän dann in die Romagna
zurückreiste, ließ er dem Grafen, auf dessen Wunsch, den
muthigen und zuverlässigen Burschen zurück. Er trat
an das Thor und pochte ein-, zwei-, dreimal. Keine
Antwort erfolgte. Nach einem flüchtigen Umblick kehrte
er schnell zu Gamba zurück.

Herr Graf, rief er, die sichern Zeichen einer Abreise
liegen vor, Pferde- und Wagenspuren sind noch ganz
frisch im trockenen Sand; sie können kaum entstanden
sein, denn sonst würde der Wind sie schon wieder ver-
weht haben.

Der Graf trat hinzu und überzeugte sich von der
Wahrheit der Bemerkung, welche der speculative Deutsche,
nach den letzten Gründen der Dinge forschend, gemacht
hatte.

Du haſt Recht, Cuno! rief er. Fort zur Verfol=
gung!

Sie riefen die harrende Schaar herbei, ſchwangen
ſich auf ihre Roſſe und galoppirten in möglichſter Eile
den Entflohenen nach.

Graf Guiccioli mochte mit ſeiner Cavalcade kaum
eine gute Wegſtunde zurückgelegt haben, als Geronimo,
welcher an ſeiner Seite ritt, ſein Pferd dicht an den
Wagen trieb und meldete: Herr Graf, ich höre Huf=
ſchläge hinter uns herkommen.

Dann ſind wir verfolgt! ſchrie Guiccioli. Wie weit
ſind die Reiter noch von uns entfernt?

Reiter ſcheinen es zu ſein, verſetzte Geronimo; man
kann ſie zwar noch nicht ſehen, allein der Wind kommt
grade hinter uns her, und man hört den Gang der Pferde,
daß ſie Galopp reiten.

Können wir Ceſena noch vor ihnen erreichen?

Nein, Herr Graf! wenn ſie ſo fort reiten, müſſen
ſie in einer Viertelſtunde bei uns ſein.

Macht eure Waffen bereit! rief der Graf den Die=
nern zu.

Der Befehl wurde befolgt, aber wie es ſchien nicht
mit ſonderlichem Eifer. Jetzt vernahmen auch der Graf
und die Gräfin, trotz des Geräuſches ihres Wagens,
das dumpfe Getön raſcher und zahlreicher Hufſchläge,
welche ſich ihnen immer mehr näherten.

Der Weg zog sich eine kleine Anhöhe hinauf. Droben angelangt, drehte Geronimo sein Pferd, sah sich um und rief: jetzt kann man die Reiter deutlich sehen, Herr Graf!

Zu gleicher Zeit verkündete ein die Höhe heraufschallender Ruf, daß Jene der Verfolgten ansichtig geworden waren.

Wie viele sind es, Geronimo? fragte der Graf.

Wenigstens ein gutes Dutzend, Herr Graf.

Geronimo! Battista! kommt her! rief Guiccioli, ich weiß, ihr seid treue Diener. Es liegt mir viel daran, von jenen Leuten nicht eingeholt zu werden. Haltet mit den übrigen Pferden still, indeß ich allein vorausfahre, und sucht sie aufzuhalten. Gefahr giebt es keine dabei, und eine gute Belohnung ist euch gewiß.

Ein mehrstimmiges: Halt! halt, Verräther! von hinten und zugleich ein vorausgesandter Schuß, welcher laut durch die Nacht hinschallte, gaben den richtigen Commentar zu dieser Aufforderung.

Herr Graf! sagte Geronimo, wo dürften wir Sie in dieser gefährlichen Zeit Nachts allein auf der Landstraße lassen? Wir kennen unsere Pflichten besser.

Um Gottes und aller Heiligen willen! rief der Graf wieder, während die Verfolger immer näher kamen, und man schon ihre Stimmen einzeln unterscheiden und das Klirren ihrer Waffen hören konnte, haltet ein! haltet sie auf! fechtet mit ihnen! die fürstlichste Belohnung ist euer!

Die uns Sanct Petrus auszahlen müßte! brummte Geronimo. Nicht so dumm! Holla! he! Kehrt! so rief er zu seinen Kameraden gewendet.

Der Graf athmete auf, denn die Diener hatten seinen Wagen verlassen, und dieser rollte allein weiter. Allein kaum waren die Begleiter auf der Landstraße in einem Trupp beisammen, als auch Geronimo, von welchem die Uebrigen Befehle zu erwarten schienen, sein Pferd herumwarf und querfeldein sprengte.

Den Andern leuchtete dieses Beispiel so sehr ein, daß sie im Nu nach allen Richtungen auseinandergestoben waren.

Ohne sich um sie zu bekümmern, brauste im nächsten Augenblick die Reiterschaar des Grafen Gamba über den verlassenen Platz, und in einer weiteren Minute war der Wagen von den vordersten Reitern überholt. Das Cabriolet hielt still, der Schlag wurde aufgerissen, Teresa stürzte heraus und in ihres Vaters Arme.

Den Verräther drinnen werden wir kalt machen? fragte einer aus dem Gefolge des Grafen Gamba auf Guiccioli deutend, welcher, halb todt vor Schreck, in einer Ecke seines Wagens lehnte.

Graf Gamba schien einen Augenblick zu schwanken. Teresa flüsterte ihm etwas zu.

Noch nicht! rief er nun, wir können ihn noch brauchen. Dann trat er an den Wagen.

Herr Graf! sagte er, es stünde bei mir, Sie für den Verrath, welchen Sie an der Patriotengesellschaft verübt haben, in deren Namen sogleich zu blutiger Rechenschaft zu ziehen. Ich habe Gründe, das nicht zu thun, allein als Ihr Lösegeld verlange ich die Scheidungsurkunde meiner Tochter.

Guiccioli reichte mit zitternder Hand ein Packet aus dem Wagen. Gamba untersuchte die Papiere an den Laternen des Wagens.

Es ist gut, sagte er dann, jetzt haben Sie nur die Güte auszusteigen, denn die Galanterie erfordert es doch wohl, daß Sie der Dame hier den Wagen überlassen. Sie werden denselben auf Ihrer Villa wiederfinden.

Guiccioli stieg aus und blieb, während sein Wagen mit der Gräfin, und von der Reiterschaar umgeben, in der Richtung von Forli davonrollte, allein und zu Fuße auf der Landstraße, eine getheilte Beute der Wuth und Lächerlichkeit.

Vor Forli angekommen, hielt der Zug, und eine kurze Berathung fand statt. Es galt nun vor allen Dingen, die Gesellschaften in Bologna und Ravenna vor falschen Siegesnachrichten und einem zu frühzeitigen Blosgeben ihrer Absichten zu warnen. Die größte Eile ist hierzu

nöthig, sagte Gamba, denn Wer weiß, wie schnell unsere
Gegner ihren Plan ausführen? Einige Stunden Rast
müssen wir den Pferden gönnen, Cuno aber mag zuse-
hen, daß er ein frisches Pferd kriegt, und einstweilen nach
Ravenna eilen, so schnell er kann. Wer es vermag, soll
ihm jetzt folgen, wir andern brechen morgen mit dem
Frühesten auf.

Diese Anordnungen wurden schnell, wie sie gegeben
waren, ausgeführt, die Truppe zerstreute sich und der
Graf suchte mit seiner Tochter eine Beherbergung für
die Nacht bei einer befreundeten Familie.

Die Begebenheiten dieses Abends fielen mit denen
in Ravenna, dem Gefecht der Sanfedisten und Carbonari und der Ankunft Trelawney's bei seinem Freunde
zusammen.

III

Ravenna war in der buntesten Verwirrung. Trotz der halb schlaflosen Nacht befand sich schon am frühen Morgen alles auf den Beinen. Jeder wollte die besten und neuesten Nachrichten aus Neapel hören, Jeder harrte mit Spannung darauf, was die versammelten Häupter der Carbonari beschließen würden. Am meisten drängte und trieb es an dem südlichen Thor in der Nähe der Kaserne, welche, in eine Festung umgewandelt, ernst und drohend in das laute Getriebe hineinblickte. Jeden Augenblick erwartete man den Parlamentär zurück, welcher von den Carbonari an Diego mit der Aufforderung, den Platz zu verlassen, geschickt worden war.

Plötzlich durchlief wie ein elektrischer Strom die Menge eine Kunde, von welcher Niemand wußte, woher und wie? Ein wirres Fragen ging durcheinander: Was? Wann? Wo? Das Wort Sieg! Sieg! Tod den Barbaren! Tod den Oesterreichern! schallte dazwischen, und eine Minute später erzählte Jeder seinem Nachbarn mit freudestrahlendem Gesicht, daß von den Neapolitanern in einer blutigen Schlacht ein großer Sieg über das ganze österreichische Heer erfochten worden sei. Warum Niemand fragte, woher die Nachricht gekommen und wer sie verbürge? Warum Jeder nur aus dem Schatze seines Wissens oder seiner Vermuthungen die Nachricht bestätigte, ergänzte und ausschmückte? Warum schon nach einer Viertelstunde zehn verschiedene Versionen der Schlacht cursirten, welche bald bei Rom, bald bei Orvieto, bald in den Abbruzzen, bald vor den Thoren von Neapel stattgefunden, bald mit einem Angriff der Oesterreicher, bald mit einer Ueberrumpelung durch Pepe begonnen haben sollte? Wer weiß! Man werfe ein beliebiges Gerücht in eine aufgeregte Volksmasse und staune, welche Früchte aus solchem Samen zu Tage kommen!

Aber die Bestätigung konnte ja nicht fehlen, denn jetzt sprengte der Parlamentär aus der Kaserne zurück nach dem Versammlungsplatz der Führer, und wenn er auch der fragenden Menge mit keinem Worte mittheilte, was er ausgerichtet, so kündete doch sein freudestrahlendes Gesicht mehr, als das Volk in seinem Siegesjubel brauchte.

In der That hatte Diego, dem es an Lebensmitteln

mangelte und auch vor der Beständigkeit seiner eigenen
Truppen bangte, in einen freien Abzug mit allen militärischen Ehren eingewilligt. Kaum war diese Nachricht
verbreitet, als der lebhafteste Jubel erscholl, und eine
neue Bestätigung der Siegesnachricht darin gefunden
wurde. Denn, rief ein langer Macaroniesser, welcher
sich auf einen Prellstein an einer Straßenecke geschwun-
gen hatte, als heute Nacht die wackeren Bürger von
Ravenna sich nach ihrer schweren Arbeit schlafen legten,
habe ich gewacht und gesehen, wie ein reitender Bote,
mit Blut und Schweiß bedeckt, vor der Kaserne ankam
und gleich eingelassen wurde, und ich schlich mich herbei
und hörte, wie er den Soldaten von einer ungeheuren
Niederlage, von einem schrecklichen Blutbad erzählte,
das geschehen sei.

Mein Freund, der wackere Luigi Stressi, hat Recht,
rief jetzt eine Stimme aus dem Haufen, deren Inhaber
sich alsbald an dem Prellstein erhob und seinen Freund
ohne viele Umstände herunterdrückte, um den Platz für
sich einzunehmen, denn wenn er auch heute Nacht in
der Cafeteria della giovane Italia unter dem Billard
ganz süß geschlummert hat, so sind die Boten doch angekommen — die heilige Jungfrau zeigt ihren rechten
Vertheidigern auch etwas im Schlaf — und Einer der
Soldaten, ein braver Junge, welcher sich heute Morgen
in die Stadt geschlichen hat, um sich ein kleines Früh-

stück zu stehlen, denn da drinnen haben sie nicht viel mehr zu essen als die Ratten und Mäuse, welche ihnen ihr letztes Brod weggefressen haben — dieser Giambattista also hat vor der Thür des Diego Schildwache gestanden und gehört, wie ihm gemeldet wurde, daß der wackere Pepe in den Abbruzzen gestanden und zugesehen hat — mit ganz wenig Leuten — wie sich die Oesterreicher drunten in der Campagna ihre Bäuche immer runder gefüttert und die Corporäle den Soldaten die biegsamen Stöcke . . . Ihr kennt sie ja . . .

Zur Sache, Bürger Sestino! zur Sache! unterbrachen ihn mehrere Stimmen.

Nun also! fuhr der Redner fort, dem wackeren General Pepe wurde das langweilig, und da er nicht, wie er am liebsten gethan hätte, die Oesterreicher in den Abbruzzen schlagen konnte, weil sie nicht hereinkamen, so entschloß er sich, hinauszugehen und sie draußen in der Campagna zu schlagen, aber nicht mit Haselstecken!

Bravo, Bürger Sestino! bravo! rief die Menge.

Die Frage ist nun, fuhr Dieser, durch den Beifall ermuthigt, fort, was zu thun? Vor allen Dingen bin ich der Ansicht, daß wir die Neapolitaner nachahmen und unseren Feind, welchen wir gestern Abend schon getroffen haben, nicht ungeschlagen lassen.

Aber Diego hat mit unseren Anführern schon capitulirt! riefen einige Stimmen.

Thut nichts! fuhr der Bürger Sestino fort, hat er
etwa mit uns capitulirt? und haben unsere Anführer
von dem neapolitanischen Sieg gewußt? Wenn sie davon gewußt, haben sie uns schön angeführt!

Bravo! Bravo, Sestino!

Also wär' ich der Ansicht, daß wir unsere Anführer zum Angriff auf die Truppen anführten, aus
welchen man, dafür stehe ich euch, gute Bürger machen
kann, wie man die Hand umwendet. Demnach Marsch!
fort zu dem Ausschuß!

Als die Masse sich eben wendete, um dieser Aufforderung zu folgen, kam auf der Straße von Forli
ein eiliger Reiter hergesprengt. Es war Cuno.

Kaum war er erblickt worden, als man ihn mit Fragen
umdrängte. Anfänglich beachtete er die Fragenden nicht,
sondern suchte sich Bahn zu dem Hause des Lords zu
brechen, an welchen seine Sendung gerichtet war. Allein
die Menge, welche in dem von jener Richtung Kommen-
den einen unzweifelhaften Siegesboten sah, hatte ihn
bald so dicht umringt, daß sein Pferd nicht weiter konnte.

Wo war das Treffen? Wieviel Oesterreicher sind
geblieben? Ist Pepe schon in Rom? Ist der General
Frimont gefangen? Was haben die Neapolitaner mit
ihrem constitutionellen König angefangen?

Diese und hundert ähnliche Fragen umschwirrten den Deutschen, als er jetzt, nothgedrungen, von der Anstrengung seines weiten nächtlichen Rittes Athem schöpfen mußte! Nachdem er seiner Mißlaune erst in einigen deutschen Kernflüchen Luft gemacht, begann er endlich, um sich loszuarbeiten, in seinem gebrochenen Italienisch zu berichten, was er wußte.

Nichts ist! sagte er, Niemand ist geschlagen, Niemand ist in Rom, und wo der König und der General sind, das wird der Teufel am besten wissen müssen, der sie hoffentlich unter der Zeit geholt haben wird!

Diese letztere Meinungsäußerung hielt einige Patriotenfäuste zurück, welche sich schon erhoben hatten, um den Unglücksboten, der ihrem Siegesjubel zu widersprechen wagte, vom Pferde zu reißen. Allein die entfernter Stehenden hatten die letzten Worte nicht, sondern nur die Verneinung des Siegs und den fremden Accent vernommen, und blitzartig, wie vorher das Siegesgerücht, lief nun durch die Menge das Geschrei: Ein Verräther! ein Spion! Falsche Nachrichten! Ein Deutscher! Ein flüchtiger Oesterreicher! Nieder mit dem Hund! An die Laterne mit dem Schurken!

Ein wildes Getümmel entstand, das Pferd des Reiters bäumte und überschlug sich, widerstandslos wurde Derselbe darunter hervorgezogen, nach der nächsten Laterne geschleppt, und unter dem fortwährenden Geschrei der Menge nach seinem Tode überzeugte sich Cuno, daß in diesem Fall nichts Besseres zu thun sei, als sich wirklich auf den Uebergang in das dunkle Jenseits mit Mannesstolz vorzubereiten.

Bei Byron war man an diesem Tage ungewöhnlich früh munter, denn Gamba, Trelawney und Hoppner versammelten sich mit der Morgenstunde in dem Zimmer des Dichters, um zu erwägen, was Angesichts der ungünstigen Nachrichten jetzt, und was später, im Fall des voraussichtlichen Unterliegens der Neapolitaner, zu thun sei. An ein Verbleiben der bekannten Theilnehmer des Carbonaribundes im Kirchenstaat war in diesem Fall nicht zu denken, und Hoppner rieth zu einem Ueberzug in das nahe Toscana, wo eine gemäßigte Regierung noch keinen Anlaß zu Klagen gegeben habe und zu einer zeitweiligen Aufnahme politisch Bedrohter gewiß geneigt sei. Gamba stimmte dieser Ansicht bei.

Man kann uns hier nichts anhaben,' uns Engländern, meinte Trelawney, denn einen Gewaltstreich werden sie nicht gegen uns wagen, und beweisen kann man uns nichts.

Allerdings! versetzte Gamba, allein Sie sprechen, als ob Sie hier in einem ruhigen und wohlregierten

5 *

Lande lebten. Sie können vor der Regierung sicher, ganz sicher, und doch, weil Sie ihr mißfällig sind, keinen Augenblick Ihres Lebens sicher sein.

Nun, sagte der Capitän, ich bestehe nicht auf dem Aufenthalt hier, wo ich, wenn wir unterliegen, nichts mehr zu bestellen habe.

Shelley, warf der Dichter ein, der noch zu Bett lag, schreibt mir schon mehrmals von Pisa aus den Rath, mich dorthin überzusiedeln. Man wäre dort an einem Fluß, nicht weit vom Meer und in einer ange= nehmen Gesellschaft.

Erwarten wir erst sichere Nachrichten von Neapel! sagte Trelawney, und da dieselben indessen angekommen sein können, vielleicht auch schon über die Maßregeln in Betreff der päpstlichen Besatzung von unsern Mit= brüdern Carbonari etwas beschlossen worden ist, so will ich einmal auf Kundschaft ausgehen. Kommen Sie mit, Graf Gamba?

Trelawney und Gamba gingen, indeß der Lord sich erhob und ankleiden ließ.

Sie kamen grade noch rechtzeitig an das südliche Thor, um die Vorbereitungen zu bemerken, welche zu Cuno's Hinrichtung gemacht wurden. Dieselben waren nicht groß; man ließ nur eine Laterne herunter und schnitt sie von der Leine, um an ihrer Stelle einen

Menschen zu befestigen und aufzuwinden. Da dräng=
ten sich Trelawney und Gamba, von lauten Evvivas
der sie erkennenden Massen begleitet, herbei.

Donner und Hagel! rief der Engländer, seinen Bedienten erblickend, in deutscher Sprache, was thust du
hier machen, Cuno?

Ich mache hier weiter nichts, versetzte dieser, dem
beim Anblick seines Herrn die Lebenshoffnung schnell
wiederkehrte; ich soll als Straßenbeleuchtung benutzt
werden.

Laßt ihn los! laßt ihn los! riefen Gamba und
Trelawney zugleich; was fällt euch ein, einen guten
Patrioten an die Laterne zu bringen?

Wenn ihr welche überflüssig habt, hängt euch
selbst auf, setzte Trelawney mit halber Stimme hinzu,
denn die versuchte Procedur hatte ihn beträchtlich geärgert.

Ein braver Junge! ein Patriot! hieß es dann
in der Menge. Evviva il Tedesco! il bravo straniero!

Dacht' ich's doch gleich, sagte Sestino, den Strick
fallenlassend, den er noch in der Hand hielt, und diese
dem Deutschen hinreichend; hat sich so tapfer gehalten!
nicht gezuckt! Gib mir die Hand, Bruder Patriot!
Umarmen wir uns! Seien wir Freunde!

Hol' euch der Teufel und euren ganzen Kram! brummte Cuno in seiner Muttersprache. Dann, zu seinem Herrn gewendet, flüsterte er Diesem einige Worte zu, worauf sich der Capitän mit ihm und Gamba eilig wegbegab.

IV

Graf Guiccioli stand lange, ein Bild des Jammers und der Rathlosigkeit, auf der Landstraße. Nach Forli wagte er sich nicht zurück, vor seiner Villa dort graute es ihm, und daß ihn seine alten Füße nicht bis Cesena tragen würden, merkte er fast in demselben Augenblick, als er sie, nach kurzer Ueberlegung, in der Richtung dahin aufhob. Zuletzt fing er an, sich in der einsamen Nacht vor dem gespenstigen Mondschein zu fürchten.

Plötzlich vernahm er von Cesena her dumpfe Hufschläge. Stärker und stärker und regelmäßiger wurde der Laut, es mußte eine große Reiterschaar sein, welche in langsamem Trab herannahte. Der Graf verbarg sich in der Ungewißheit dessen, was kommen werde, in einem Gebüsch neben der Straße. Allein wie groß war seine Freude, als er in den näherkommenden Reitern einen starken Zug päpstlicher Carabiniere und einen ihm wohlbekannten Major an ihrer Spitze sah.

Er trat sogleich aus seinem Versteck heraus und auf

die Straße. Die Spitze des Zugs hielt, man umringte ihn, und plötzlich rief der Führer erstaunt aus: Graf Guiccioli! um aller Heiligen willen! wie kommen Sie hierher? allein? in der Nacht? zu Fuße?

Sie sehen, lieber Major! versetzte der Graf, was einem gutgesinnten Mann in diesen schlimmen Zeiten alles passiren kann! Carbonari, oder eigentlich mehr noch, Banditen, Räuber haben mich überfallen, meine treuen Diener versprengt, mich ausgeplündert, meines Wagens, sogar meiner Frau beraubt — nur das nackte Leben haben sie mir gelassen.

Und Ihre Uhr mit der goldnen Kette, welche Sie tragen?

Die müssen sie übersehen haben. Es ist noch nicht lange, daß ich überfallen wurde, die Räuber sind auf der Straße nach Forli davongesprengt, man könnte sie verfolgen — einholen.

Unmöglich, Graf! sagte der Major, doch... holla! ein Pferd! Sitzen Sie auf und reiten Sie mit uns!... denn, im Vertrauen gesagt, ich bin nur die Avantgarde eines größeren Corps, welches, zum Theil Oesterreicher, mir von Ancona aus folgt, und habe strengen Befehl, meine Reiter nicht zu weit zu entfernen.

Der Graf seufzte. Nichts Neues vom Kriegsschau-platz? fragte er.

Im Vertrauen, Herr Graf! Sie sind ein zuverläſſiger Mann — die Neapolitaner ſind geſchlagen, total geſchlagen und zerſtreut nach einem tollkühnen Angriff, den ſie bei Rieti auf die Oeſterreicher gemacht haben; Alles iſt aus mit ihnen, General Frimont iſt in dieſem Augenblick wahrſcheinlich ſchon in Neapel.

Gott ſei gelobt!

Und wir, fuhr der Major fort, ſind abgeſchickt, um in aller Stille und ehe die Nachricht ſich verbreitet hat, unter den Patrioten aufzuräumen, nachdem man jetzt geſehen, mit wem man es eigentlich zu thun hat. Deß= wegen will ich eilen, daß ich nach Ravenna komme.

O, Sie Engel des Himmels!

Morgen denke ich dort zu ſein. Ich habe meine Liſte bei mir.

Und was fangen Sie mit den Engländern an? fragte der Graf eifrig.

Der Major lächelte. Nichts, ſagte er, wenn man ihnen etwas thut, kommt man mit ihrer Regierung in die Haare.

Aber ſie ſind die Hauptaufwiegler.

Eben darum werden ſie irgend einen Scandal an= zetteln, und dann kann ich nichts dafür, wenn ihnen in einem Tumult etwas Menſchliches paſſirt. Wer ſich in Gefahr begibt, kommt darin um, und meine Drago= ner ſind handfeſte Leute.

Der Graf ſchmunzelte und ſchwieg.

Die Hoffnung, die Vögel noch im Nest zu treffen, sollte jedoch nicht in Erfüllung gehen. Nach einer kurzen Berathung bei dem Lord beschlossen die Patrioten von Ravenna, einstweilen das Volk zu beruhigen. Die am meisten Gravirten sollten sich nach Faenza begeben und von da, wenn sich eine Niederlage der Neapolitaner bestätige, die toscanische Grenze zu erreichen suchen. Byron, Gamba und Trelawney schlossen sich diesem Zuge an. Dort angelangt, fand man bereits dumpfe Nachrichten von einem Treffen bei Rieti vor und beschloß nun weiter nach Imola zu ziehen.

Kaum hatte man indessen die Stadt verlassen, als man hinter sich Waffengeklirr und Rossegetrappel vernahm, und um sich blickend gewahrten die Patrioten eine kleine Reiterschaar, welche von einem größeren Trupp päpstlicher Dragoner verfolgt wurde und auf dem Punkte stand, erreicht zu werden.

Beim Anblick der feindlichen Reiter brach in der Schaar von Ravenna ein panischer Schrecken los. Verrath! Flieht! Rette sich wer kann! rief es durcheinander, und die Mehrzahl der Reiter sprengte mit verhängtem Zügel entweder auf der Straße oder querfeldein davon.

Byron und seine Begleiter wären fast von dem Chaos der Flucht mit fortgerissen worden, doch gelang es ihnen, ihre Pferde herumzuwerfen, und nun spreng-

ten sie, von der geringen Zahl ihres Gefolges beglei=
tet, der schon erreichten und angegriffenen Truppe zu
Hülfe.

Ein kurzes Reitergefecht entspann sich. Die Dra=
goner, welche ihre Karabiner bereits abgeschossen hatten
und mit dem Säbel angriffen, wichen vor den wohl=
gezielten Pistolenschüssen der Ankommenden schnell zurück
und würden sich sogleich zur Flucht gewendet haben,
wenn nicht der Major an ihrer Spitze und ein ihn
begleitender kleiner Mann mit weißen Haaren sie eifrigst
zum Kampfe angetrieben hätten. Trelawney, dies be=
merkend, rief die entschlossensten Diener um sich und
sprengte grade auf den feindlichen Anführer los. Ihre
Säbel kreuzten sich, allein der Major, ein gewandter
Fechter, hielt den ersten Ungestüm des Engländers aus
und führte dann einen so kräftigen Hieb nach dessen
Kopfe, daß Trelawney, obwohl das Eindringen der
Klinge durch die Kopfbedeckung gehemmt war, durch die
bloße Erschütterung bügellos wurde. Allein in demsel=
ben Augenblick war auch Cuno an seiner Seite, zielte
kaltblütig mit der Pistole, und der Major sank, durch
die rechte Schulter geschossen, schwerfällig zu Boden.
Sein Fall gab das Signal für die gänzliche Flucht
seiner Reiter, in welcher sich auch der kleine Freiwillige,
Graf Guiccioli, welcher in dieser Verfolgung einen ihm
selbst fast unbegreiflichen Muth gezeigt hatte, mit fort=

reißen ließ. Doch Tita hatte ihn erkannt und spornte ihm sein Pferd nach mit dem Rufe: Nur noch einen Augenblick, Eccellenza!

Ihn erreichend, schwang er ein breites schottisches Hochlandschwert, welches ihm der Lord verehrt hatte, hoch auf zum Hiebe, aber, im Gebrauch dieser wuchtigen Waffe unerfahren, traf er den Reiter nicht mit der Schärfe auf den Kopf, sondern in klatschendem Schlag mit der Breitseite auf den Rücken.

Der also Getroffene stieß einen lauten Schmerzensschrei aus, von welchem erschreckt sein Roß mit Windeseile davonflog, ehe der durch den schlechten Erfolg seines gewaltigen Hiebes verbutzte Gondolier die schwere Waffe zu einem zweiten Schlag erheben konnte.

Trelawney hatte sich indessen, erstaunt, Byron und Gamba nicht im Vordertreffen an seiner Seite gesehen zu haben, umgewendet und gewahrte nun Ersteren mit einer Dame beschäftigt, welche von einem unter ihr erschossenen Pferde auf die Erde geglitten war, Letzteren bei einem großen ehrwürdigen Mann, den ein Säbelhieb an der Wange verletzt hatte.

Als Graf Gamba an diesem Morgen seine beabsichtigte Reise von Forli nach Ravenna hatte antreten wollen, fand er die Straße bereits durch die päpstlichen Reiter abgeschnitten. Nicht mit Unrecht den Grafen Guiccioli bei denselben vermuthend, war er mit seiner kleinen Schaar in der Richtung nach Faenza abgebogen. Allein er war bemerkt worden, und Guiccioli hatte den Major vermocht, mit einem Detachement seiner besten Reiter den Flüchtigen nachzusetzen, während das Haupt= corps nach Ravenna weiterzog; unweit Faenza war es gelungen, sie einzuholen, und nur die unerwartete Hülfe hatte sie gerettet.

Die Wunde des alten Gamba war nur leicht, Te= resa hatte sich bei ihrem Fall nicht beschädigt, und so war man im Begriff, den flüchtigen Patrioten nach Imola zu folgen, als von dort aus ein rascher Wagen auf der Straße daherrollte, der bei dem Schauplatz des Treffens plötzlich stillhielt. Ein Freudenruf schallte heraus, der Schlag öffnete sich, und Moore sprang auf die Straße, von den Freunden aufs Herzlichste begrüßt. Ein Mann folgte ihm von einigen und dreißig Jahren, einfacher, aber feiner Kleidung und vornehmer Haltung, unverkennbar ein Sohn Albions.

Lord Byrons ansichtig geworden, stand er einen Augenblick starr und streckte die Hand nach ihm aus, ebenso starrte dieser den Fremden einen Augenblick an, dann stürzte er auf ihn zu, faßte fest die dargebotene Hand, und Thränen drangen aus seinen Augen. Beide machten einen vergeblichen Versuch zum Sprechen, sie vermochten es nicht.

Die Umstehenden sahen gerührt und erstaunt auf

diese Scene. Moore sagte erklärend zu ihnen: Es ist
Lord Clare, Mylords ältester Jugendfreund, den er seit
der Schule in Harrow nicht gesehen. Und doch haben
sie sich wiedererkannt.

Ich komme von Neapel, sagte Lord Clare, Moore
von Rom, Beide wollten wir Sie in Ravenna besuchen!

Das wird nun besser in Pisa geschehen, sagte Byron, wohin wir eben aus guten Gründen auf dem
Wege sind.

Also wenden wir den Wagen, rief Moore, steigen
Sie ein!

Bald saßen die Gräfin, die beiden Lords, Moore
und Ruggiero Gamba in dem geräumigen Reisewagen,
Pietro Gamba und Trelawney folgten mit den Dienern
zu Pferde, und schnell brauste der Zug auf der Straße
nach Imola hin und der toscanischen Grenze zu, die
Bedrängten zur sicheren Rettung einem von den Wirr-
nissen der Tagesereignisse ziemlich unberührten Lande
entgegentragend.

Die ersten Fragen betrafen natürlich die Ereignisse
in Neapel. So wissen Sie es noch nicht? sagte Lord
Clare erstaunt; die Nachricht ist doch schon fast acht
Tage alt.

Welche Nachricht? riefen Byron und Gamba zugleich.

Die Nachricht von der Niederlage Pepe's! Die Oesterreicher sind in Neapel.

Eine Pause entstand.

Erzählen Sie uns, wie Alles gegangen, lieber Clare, sagte dann Byron; über die vorhergehenden Zustände und den Verrath sind wir schon durch Trelawney unterrichtet.

Ich habe ihn in Neapel gesehen, versetzte Clare, und theilte seine Ansichten, wenn auch nicht seine Bestrebungen. Das Volk verlangte einmüthig die Constitution, die größte Ruhe und Ordnung herrschte, die Leute an der Spitze, Florestan und Wilhelm Pepe und Carascosa und die Anderen, wollten für sich keine Beförderungen, wie man ihnen schändlicherweise nachredete. Wie hätten ohne den Willen des Volks ein Unterlieutnant und hundertundzwanzig Reiter in einem Laubstädtchen am Ende der Welt eine Bewegung beginnen können, welche alsbald siegreich wurde? Doch zur Sache. Sie wissen also, daß Pepe mit wenigen, ganz schlecht verpflegten Truppen in den Abbruzzen stand. Was ihn zu der Tollkühnheit bewog, mit seinem bischen Fußvolk, fast ohne Geschütz und Reiterei, in die Campagna hinauszurücken und die Oesterreicher anzugreifen, das weiß ich nicht; allein es ist Thatsache, daß seine Colonnen sieben Stunden lang alle Angriffe der österreichischen Reiterei aus-

hielten und zurückschlugen, und ihr, mit geringem Verlust, großen Schaden zufügten.

Mit der Dunkelheit zogen sich die Neapolitaner
zurück und nun begann der Verrath sein Spiel. Das:
Sauve qui peut! durchflüsterte die Reihen, erst leise,
dann laut. Wir sind verrathen, wir sollten hier hin-
geschlachtet werden ohne Unterstützung! Die Flotten
Englands und Frankreichs sind vor Gaëta und Neapel!
Rette sich wer kann!

Ein panischer Schrecken ergriff das zum größten
Theil aus Milizen zusammengeraffte Heer, welches kurz
vorher noch so tapfer gefochten hatte, die Flucht riß ein,
wuchs durch Flintenschüsse, welche im Dunkel der Nacht
von Verräthern abgefeuert wurden, und als Pepe mit
Tagesanbruch seine Schaaren musterte, hatte er von
zehntausend Mann noch einige hundert um sich.

Und dann?

Und dann erboten sich diese Wenigen, den Paß bis
auf den letzten Athemzug zu vertheidigen. Pepe sollte dadurch Zeit gewinnen, eine andere Armee zu organisiren.

Und warum geschah das nicht?

Weil abermals durch Verrath den Oesterreichern
andere Abbruzzenpässe in die Hände gespielt worden
waren. Sie rückten dann in Eilmärschen auf die Hauptstadt los.

Und das Parlament?

Am Tage, als sie einziehen wollten, versammelte sich das Parlament zum letztenmale, das heißt, diejenigen Mitglieder, welche den Muth dazu hatten. Es waren grade zweiundzwanzig. Sie warteten mehre Stunden auf ihre Collegen und gingen dann auseinander. Bald darauf erschien die Polizei, bemächtigte sich des Bureaus und schloß und versiegelte den Sitzungssaal.

Somit ist Alles aus?

Es wäre nicht Alles aus, wenn man dem wackeren Pepe gefolgt wäre. Er wollte die Hauptstadt dem Feinde lassen, die Truppen ins Gebirg und Regierung und Parlament nach Sicilien zurückziehen. Statt dessen bot ihm das Alter Ego einen Gesandtschaftsposten bei der nordamerikanischen Union an.

Um ihn loszuwerden.

Natürlich! Ebenso machte man es einigen anderen höheren Officieren. Sie wiesen aber alles rund zurück.

Wo sind sie jetzt?

Die Meisten haben sich nach Barcelona eingeschifft. Ein Theil der Cortes soll eine sehr ehrenvolle Adresse an Pepe erlassen haben.

Ja Adressen! Wenn es mit Adressen gethan wäre, hätte Europa schon längst Frieden!

Der König erließ dann eine Proclamation, worin er den in Laibach aufgestellten Grundsatz aussprach, den Königen komme es zu, ihren Völkern Constitutionen zu geben, aber nicht, sich welche von ihnen geben zu lassen.

Es ist schändlich! unerhört! brachen Gamba und By= ron aus.

—. Nun können die Italiener wieder Opern schreiben, sagte die Gräfin, welche seither geschwiegen hatte.

Und Maccaroni essen, setzte der Dichter mit bitterem Lachen hinzu.

Die Aufklärung des Mißverständnisses zwischen Te= resa und Byron hatte sich schon bei dem ersten Zusam= menfinden im Augenblick des Gefechtes mit wenigen Wor= ten gemacht, und der Lord die erbetene Vergebung für sein rasches und unüberlegtes Handeln erhalten. Graf Gamba erfuhr erst jetzt den Grund des Zwiespalts, und der Dich= ter stand mit Beschämung vor ihm, als der Graf ihm die Scheidungsurkunden vorzeigte und er daraus ersah, wie die Gräfin eine glänzende und reiche Weltstellung um einen dürftigen Aufenthalt im Hause ihres Vaters aufgegeben hatte. Ruggiero Gamba willigte schnell in den ihm von Pietro mitgetheilten Plan einer Uebersied= lung nach Toscana, da ihm die Unmöglichkeit eines Ver= bleibens im Kirchenstaat nach den Nachrichten aus Nea= pel sogleich einleuchten mußte. So saßen Teresa und der Dichter in dem Bewußtsein, durch die Verhältnisse nicht mehr getrennt zu werden, glücklich genug beisam=

men, obwohl sich das tiefe Leid um das Schicksal Ita=
liens in ihre Freude mischen mußte.

Endlich kamen Byron und Clare auf die glücklichen
Zeiten der gemeinsamen Jugend auf der Schule zu Har=
row zu reden, auf welcher ausgezeichneten Bildungsan=
stalt für junge Engländer von hohem Rang und Ver=
mögen sie die ersten Jahre des Jahrhunderts zugebracht
hatten.

Wie ist es mit uns und unseren nächsten Freunden
sonderbar ergangen, Gordon! sagte Clare; Peel, der stille
Junge, ist auf dem Weg, ein großer Staatsmann zu wer=
den, Sinclair hat sich bei den Deutschen unter dem Ana=
gramm seines Namens, Crisalin, einen Dichternamen ge=
macht, Wingfield ist todt, Sie standen ja an seinem
Todtenbett in Coimbra, und Sie, der kriegerische, tapfere,
für Feldherrnruhm Erglühende, begnügen sich mit den
friedlicheren Lorbeeren, welche die freundlichen Musen
um Ihre Stirn schlingen.

Ja, versetzte der Dichter, der seine Erlebnisse nicht
ungern als Gegenstand einer Besprechung unter Freun=
den sah, ich war sehr kriegerischen Sinns. Schon frü=
her, in Aberdeen, schlug ich mich häufig mit meinen
Schulkameraden, und einem Jungen, doppelt so groß
als ich, versprach ich einmal Prügel unter Anrufung
meiner Wappeninschrift: Trust Byron! und er erhielt
sie auch richtig. Und damals war ich noch so klein, daß

sie mich immer nur den kleine Geordi hießen, was mich
bei meinem Ehrgeiz nicht wenig verdroß.

Nun, meinte Lord Clare, in Harrow war es ähn=
lich; anfänglich waren Sie höchst impopulär, dann aber
stiegen Sie zu einem solchen Ansehen, daß Sie eine Art
von Leitartikel wurden; Sie galten namentlich für einen
großen Philosophen, weil Sie sich mit allerlei Grübe=
leien über religiöse Gegenstände vorzugsweise gern be=
schäftigten.

Das thue ich noch. Ich habe mir erst in diesen
Tagen bei Murray unter den gewöhnlichen Sendungen
von Zahnulver, Zahnbürsten und dergleichen auch eine
Bibel ausgebeten. Nicht als ob ich keine hätte! Allein
die in meinem Besitz ist ein Erbstück von meiner Mut=
ter, eines der wenigen Andenken, die ich von ihr habe,
und ich will sie darum nicht durch den täglichen Gebrauch,
den ich von dieser Sammlung schöner und bedeutungs=
voller Sagen zu machen pflege, verderben.

Sie behaupteten immer, jeder Dichter, groß oder klein,
erhalte seine Inspiration erst durch den Nachahmungs=
trieb, wenn er ein anderes Dichtwerk lese.

Zum Theil behaupte ich dies noch; wenigstens habe
ich es an mir erfahren, und mehre Autoren, welche für
ganz originell gelten, haben es mir bestätigt. Indeß
mag dieser Nachahmungstrieb doch nur mehr der An=
stoß sein, welcher das innen angehäufte Material her=

austreibt, denn das Stoffliche erzeugt sich nur durchs Leben, und damit ein Mann ein Dichter werde, muß er verliebt oder unglücklich sein; davon zeugen Petrarca und Dante.

Das waren Sie beides, als Sie den Childe Harold schrieben.

Allerdings! Und darum achte ich auch denselben für mein bestes Werk und will keine andere Grabschrift haben als diese: hier liegt der Autor von Childe Harold.

Ich, warf die Gräfin ein, möchte durch dieses Gedicht lieber drei Jahre lang berühmt, als durch den Don Juan unsterblich sein.

Für diese Unsterblichkeit ist schlecht gesorgt, Teresa, besonders seit auf meinen Namen als Fortsetzung ein falscher Gesang dieses Gedichtes erschienen sein soll.

Trösten Sie sich, meinte Moore, mit Ossian und Shakespeare; von letzterem ist ja auch eine Prachtausgabe von seither ungedruckten Werken erschienen, an welcher kein wahrer Buchstaben ist

Haben Sie denn gehört, Gordon, sagte Clare, daß eine kürzlich erschienene italienische Uebersetzung des vierten Gesangs von Harold in fast allen diesen Staaten verboten worden ist?

Gut für den Buchhändler! lachte Moore.

Ja, und sie hätte es nicht wegen der Anspielungen

auf den jetzigen Zustand Italiens im Original, sondern wegen ihrer eigenen Schlechtigkeit verdient. Das größte Compliment über dieses Gedicht haben mir meine Freunde die Deutschen gemacht, indem man dort einmal eine gute Uebersetzung desselben als Preisaufgabe stellte, ein andermal auf der Leipziger Buchhändlermesse das größte Angebot für eine solche gemacht wurde. Ich bin über= zeugt, daß sie mich dort besser verstehen, als die mei= sten meiner eigenen Landsleute.

Man nahm den Weg nach Pisa über Florenz, wo man sich einige Tage aufhielt. In der schönen weißen Stadt am Arno weilten damals viele Engländer, welche sich mit Eifer nach den beiden Dichtern hindrängten, zumal da sie, der Eine selbst ein Lord, in Gesellschaft eines Lords und einer gräflichen Familie ankamen. In= deß beobachtete Byron seine alte Zurückhaltung.

Als Trelawney eines Tages über die Straße ging, hörte er sich plötzlich mit seinem Namen angeredet. Er erkannte im ersten Augenblick den Ansprechenden nicht, allein die Erscheinung eines Engländers mit einem Schnurr= bart wies ihn auf natürlichem Wege in seine militäri= schen Erinnerungen. — Capitän Wedmin! vom leichten Dragonerregiment in . . .

Gleichgültig wo! ich bin es wirklich, in Lebensgröße, und freue mich, bei Gott! ganz ungemein, meinen alten

Freund Trelawney in diesen Zeitläuften so wohl vor mir zu sehen.

In der That, es freut mich, Sie zu sehen, Capitän Wedmin.

Wie ich aus den Zeitungen sehe, sind Sie mit Lord Byron hier angekommen. Müssen mich, bei Gott, wieder mit dem berühmten Landsmann bekannt machen, habe ihn zwar in London in der feinen Gesellschaft oft gesehen, bei meinen Bekannten, Lord S. und Marquis C. und sonst; weiß nicht, ob er sich meiner noch erinnert. Bedeutender Mann. Schade daß er so excentrisch ist, bei Gott! Lord Clare ist auch von Ihrer Gesellschaft. Charmanter Mann! Gehörte in London in den Kreis meiner Bekanntschaften, freut mich ihn wiederzufinden, bei Gott! Und Herr Moore, ja, den habe ich auch einmal gesprochen; schön, schön, daß er hier ist!

Lord Clare und Herr Moore werden in diesen Tagen abreisen.

Um so mehr Grund, daß ich sie bald besuche. Würde doch schade sein, wenn wir uns hier nicht sehen sollten, bei Gott!

Guten Morgen, Herr Capitän.

Noch ein Wort, Capitän; hier ist ein junger Amerikaner von meiner Bekanntschaft, Herr Coolidge — Capitän Trelawney — ein Maler; er glüht für Mylord, er möchte ihn gerne malen.

Freut mich sehr, Herr Coolidge! Es wird schwer halten, denn Mylord sitzt nicht gern.

Könnte ich ihn nicht wenigstens einmal sehen? nur sehen, fragte der Maler.

Gewiß, versetzte Trelawney freundlich; kommen Sie nur gegen Abend vor das Arnothor, dort werden wir spazieren reiten und vielleicht auch schießen.

Danke sehr, sagte der Amerikaner.

Guten Morgen, meine Herren!

Guten Morgen, Capitän!

Am Abend kamen Webmin und der Maler an den bezeichneten Platz und fanden die ganze Gesellschaft dort beisammen, und zwar zum letztenmale, denn am folgenden Morgen wollten Clare und Moore nach Turin und die Gamba nach Pisa abreisen, wohin Byron und Trelawney über Livorno folgen sollten.

Der Dichter begrüßte die beiden Fremden mit ungewöhnlicher Zuvorkommenheit. Sie finden mich heute, sagte er dann, trotz des Schmerzes um die bevorstehende Trennung von meinen Freunden, ungewöhnlich heiter und zwar aus drei Gründen; denn erstens habe ich beim Schießen den Kopf auf dem Frankenthaler dreimal hinter einander getroffen, zweitens sind mir von meinem Verleger Correcturbogen zugekommen, aus welchen ich ersehe, daß der Setzer mehr kann als ich gewöhnlich selbst, nämlich meine Handschrift lesen, und drittens waren Ihre Landsleute, Herr Coolidge, welche vor Livorno ankern, so freundlich, mich zu einem Besuche auf ihrer Flottille einzuladen, den ich gleich morgen abstatten werde. Wollen Sie mich begleiten, meine Herren, so wird es mich freuen, und dann findet sich auch hoffentlich die gewünschte Gelegenheit zum Sitzen, Herr Coolidge. Auf heute Abend werden Sie vielleicht meine Einladung zu unserm Abschiedsdiner annehmen.

Der Amerikaner stammelte einige unzusammenhängende Worte, desto deutlicher aber erklärte Capitän Webmin das Vergnügen, welches, bei Gott! er und sein junger Freund heute und morgen so glücklich sein würden, in der Gesellschaft Mylords und seiner ehrenwerthen Gäste zu genießen.

Das Diner war so heiter, als es unter den betrübten Umständen sein konnte.

Lassen Sie uns darauf trinken, rief der Lord, als die jüngsten Ereignisse wieder zur Sprache kamen, daß die Neapolitaner bei ihrer nächsten Revolution einen Masaniello haben mögen.

Sie können ihn brauchen und wir alle, sagte Graf Gamba, die Sieger machen sich ihren Sieg zu Nutzen. Nach Nachrichten, welche ich heute Abend erhalten, ist auch schon im Kirchenstaat die Verfolgung in vollem

Gange. Mehr als tausend Personen, darunter viele aus
den edelsten Geschlechtern, sind bei Todesstrafe verbannt
— daß wir selbst dabei sind, bedarf kaum einer Er-
wähnung.

Das Mahl war seinem Ende nahe, da interpellirte
Byron seinen Dichterfreund um die versprochenen Verse,
welche er vergeblich aus Rom erwartet hatte. Ich bin
sie nicht schuldig geblieben, sagte Moore. Es ist die
Ansprache eines politisch Verbannten an ein freies Land,
und darum darf ich wohl die Gräfin bitten, diese Verse
statt meiner zu verlesen.

Teresa war sogleich bereit und las mit ihrer klang-
vollen Stimme:

An Columbia!

Wie innig auch das Herz am Vaterlande
Und an der Heimat liebem Bilde hängt,
So sind sie traurig doch, die Sclavenbande,
Darein die Heimat und das Herz gezwängt.

O Freiheit, die du in des Reiches Hallen
Begraben liegst, doch auf den Bergen thronst!
In deine schöne Heimat laß mich wallen
Und wohnen, wo du, hehre Göttin, wohnst!

Leb wohl, o Land! o Wiege meines Lebens!
Umsonst ist deine Größe und dein Glanz,
Für die Tyrannen floß dein Blut vergebens,
Auf Sclavenstirnen grünt kein Lorbeerkranz.

Columbia! sei mein Vaterland, du Tempel
Der Freiheit, sicher wie der Sterne Bahn,
Mit keinem Herrn als der Gesetze Stempel
Und keinem Sclaven als dem Ocean!

Coolidge stand auf, um dem Dichter warm die Hand zu drücken. Er bat um das Manuscript des Gedichtes, welches ihm gegen eine Copie gern überlassen wurde.

Wenn ich es meinen Landsleuten an Bord zeige, sagte er, werden sie bedauern, neben Herrn Byron nicht auch noch den Verfasser eines solchen Gedichtes bei sich zu haben.

Die Gesellschaft trennte sich zeitig mit Rücksicht auf die bevorstehende Reise.

Zwei Tage später wehte in einem leichten Landwind die amerikanische Sternenflagge lustig von den Masten zweier stolzer Fregatten, welche sich im Hafen von Livorno auf den Wellen wiegten. Ein Boot stieß vom Lande, welches zwischen mehren Uniformen von Schiffsofficieren einige Herren in Civiltracht führte. Die Schiffe donnerten ihren Ehrengruß dem Anfahrenden entgegen, und bald darauf befand sich der Lord auf dem Flaggenschiff „Constitution" des amerikanischen Commodore Jones, welcher mit seiner Mannschaft den Dichter und seine Begleiter mehr herzlich als feierlich an Bord seiner Fregatte empfing.

Sie wurden, nach einer flüchtigen Besichtigung des

Schiffes, welches der Lord schöner als die Fregatten der englischen Marine fand, zum Frühstück in die Kajüte geführt; eine Anzahl von Herren und Damen, welche sich schon an Bord befunden hatte, folgte. Als der Dichter dem Commodore sein Befremden äußerte, auf einem Kriegsschiff Damen zu sehen, versetzte Dieser lächelnd: Es sind nur einige unserer in der Stadt wohnenden Landsleute, welche diese Gelegenheit, mit einem so berühmten Mann an derselben Frühstückstafel sitzen zu können, nicht vorbeigehen lassen wollten.

Ich bin entzückt, meine Damen, sagte nun der Lord, zu denselben hintretend, Ihre so angenehme Bekanntschaft auf eine so eigenthümliche Weise zu machen.

Die Amerikanerinnen umgaben den Dichter sogleich und überhäuften ihn mit einem Schwall von indiskreten Fragen, welche zumeist seine Abenteuer in Italien betrafen.

Ist es wahr, Mylord, daß eine edle Venetianerin wahnsinnig wurde, weil Sie ein Bild von Gorgione schöner fanden als sie?

Allerdings, versetzte mit vieler Laune zum Humbug der Dichter, allein sie bekam ihn wieder, als sie Jemand sagen hörte, es sei nichts daran verloren gewesen.

Erstaunlich! Haben sich denn wirklich die drei Banditen, welche der Papst zu Ihrer Ermordung gedungen, bloß vor ihren Augen entsetzt oder auch vor Ihren Pistolen?

Nur vor meinen Augen, denn da diese Italiener sehr leichtgläubig sind, so hatten sie sich weißmachen lassen, ich könne meine Augen wie Kugeln, und mit demselben tödlichen Erfolg, abschießen, wohin ich wolle, und sie in demselben Augenblick wieder im Kopfe haben.

Vortrefflich! Und wird Ihren Don Juan denn wirklich am Ende der Teufel holen?

Eigentlich sollte er, allein ich fürchte, daß der Teufel mich selbst holt, ehe ich daran komme.

Mylord! Wollen Sie mir einen Gefallen thun?

Befehlen Sie nur, welchen?

Schenken Sie mir die Rose, welche Sie an der Brust tragen!

Hier ist sie. Und was wollen Sie damit?

Ich habe versprochen, etwas nach Baltimore zu schicken, was mit Ihnen in Berührung gewesen ist.

Während des Frühstücks versicherte Commodore Jones den Dichter, wenn er die Staaten der Union besuchen wolle, stehe ihm jedes Schiff derselben, am liebsten sein eigenes, zu Gebote, und als man nach Beendigung desselben noch einmal auf der Fregatte herumging, zeigte er ihm in der Schiffsbibliothek die beste, prächtig gebundene Ausgabe seiner bis dahin erschienenen Werke.

Es war noch zeitig am Tage, als der Lord, sehr
geschmeichelt durch diesen Empfang, nach Livorno zurückkehrte. Am folgenden Tage reiste er in Begleitung
von Trelawney, Wedmin und Coolidge nach Pisa ab.

V.

An einem heiteren und sonnigen Abend des nun erschienenen Vorsommers lag das Meer an dem Gestade
vor Pisa still und glatt wie ein Spiegel. Nur auf
zwei Stellen unweit des Ufers, wo sich verborgene
Klippen befanden, rauschte und brandete es in unruhiger
Beweglichkeit auf und zwischen denselben hin, bald in
weißen Wellenköpfen hoch emporgeworfen, bald in dun-
kelm Gewirr Wirbel schlagend. Die Sonne stand schon
tief an dem dunkelblauen, wolkenlosen Abendhimmel
und färbte ihn, wo er sich im Westen auf das Meer
heruntersenkte, mit leichtem Purpur. Der Ocean selbst
war ein treuer Spiegel dieser heiteren Farbenpracht;
unter der Sonne hin glänzte er vom Ufer bis an den
Horizont in einer ununterbrochenen, goldenen Feuerstraße,
welche unzählige Funken sprühte, auf beiden Seiten
mischte sich mit diesem Golde der Lichtreflex des Abendroths, und weiter hinaus warf die Welle das tiefe
Blau des oberen Himmelsbogens zurück. Das Meer

gab dieses Bild in seiner Weise: bewegt, die Farben gemischt und gebrochen, die Form verändert, gerundet, wie der Dichter die Eindrücke des Lebens und der Natur in anderer Form und Verbindung in dem Spiegel seines Gemüthes wieder darstellt.

Wandte sich der Blick vom Meere ab und nach Osten zurück, so begegnete er dem Gegensatz des versinkenden Tages in dem Anblick der emporkommenden Nacht. Ueber den noch roth angestrahlten, mit weißen Marmorfelsen herüberwinkenden Höhenzügen der Apenninen stieg voll und glänzend die Mondscheibe hervor, und ihr weißes Bild spiegelte sich in der ruhigen und klaren Fluth des Arno, welcher sich durch die Ebene nach seinem Ausfluß ins Meer hinzog. Ein sanfter Osthauch strich über seine Fluth und wiegte leise eine kleine, einmastige und wohleingerichtete Barke, welche nah an dem Ausfluß am Strande lag.

Am Gestade hin und her schritt ein schöner, wohlgebildeter Mann, an dessen Arm eine feine, blondlockige Dame lehnte. Sie schaute bald vorwärts auf das Meer, bald rückwärts auf den Fluß, und ihre häufigen Ausrufungen verkündeten das Entzücken, welches dieses Schauspiel in ihr erregte.

Es war Shelley mit seiner zweiten Frau, der in der englischen Literatur als Verfasserin der schönen Ro=

manze: „Frankenstein" rühmlich bekannten Dichterin Mary Godwin.

Oft den Arm ihres Gatten verlassend, trat sie bis dicht an den Rand des Wassers, welches in ganz kleinen Wellen auf dem Ufer hinspielte und dessen Sand glättete, und bückte sich, während hier und da ein krystallheller Tropfen ihren Fuß netzte, um die kleinen, bunten Muscheln aufzuheben, welche fast jeder Wellenschlag auf den Sand herauftrieb. Nun hatte sie eine Handvoll gesammelt und trat, sie ihrem Gefährten hinhaltend, zu diesem zurück, mit den Worten: Sieh, Percy! welch schönes Spielzeug uns die Nereiden für unsere Kleinen schenken.

Man sollte nicht glauben, versetzte der Dichter, daß ein Element, welches bei so viel Nutzen so viel Reiz bietet, eine Tücke besitzen kann, wie sie das Meer hat. Heute scheint indessen der Ocean derselben gänzlich entkleidet, und wie wäre es, Mary, wenn wir seine gute Laune zu einer kleinen Nachtfahrt benutzten? Sieh nur, wie unsere Barke dort so sehnsüchtig vor ihrem Tau reitet, die Spitze meerwärts gekehrt, als ob sie dem Wind und der Sonne folgen müsse.

Du weißt, sagte Mary, daß ich die Kinder nicht verlassen kann.

Es ist wahr, ich hatte nicht daran gedacht — und so hätte ich Lust, allein hinauszufahren.

Warum grade heute? Willst du nicht warten, bis Freund Byron da ist? Er ist ein so guter Steuermann; weißt du noch, wie er uns bei dem Sturm auf dem Genfer See in der Nußschale um die gefährlichen Fel= sen von La Meillerie lenkte?

Ja, und ich denke etwas von ihm gelernt zu haben. Er kommt erst in einigen Tagen, und ich hätte heute ein Thema zu überlegen, für welches die nächtliche Ein= samkeit des Oceans der passendste Ort ist.

Es ist mir ängstlich, wenn du allein bist. Ich wollte lieber, du bliebest, Percy!

Wo denkst du hin, Kind! Die Barke, wenn auch klein, ist stark und sicher, wir sind schon im Sturm mit ihr draußen gewesen, und sie hat sich erprobt. Ich verstehe das Schiffshandwerk, und heute, sieh nur den Abend und das ruhige Meer!

Es ist wahr; Schade, daß ich nicht mitfahren kann!
Gute Nacht, Mary! küsse mir die Kinder!

Der Dichter war bei den letzten Worten schon am Wasser und in der Barke, das Tau war gelöst, ein Segel schnellte am Mast empor, klappte einige Augen= blicke träge und wie unschlüssig hin und her, dann blähte es sich langsam in dem leichten Wind, der den Fluß herabkam, der Kiel richtete sich gegen die Wogen und glitt leise über dieselben hinaus.

Shelley lehnte auf dem Hintersitze. Er hielt in der

linken Hand das Segeltau, bereit, es bei einem mög-
lichen widrigen Windstoß, der, wenn er das Segel faßte,
ein so leichtes Fahrzeug im Nu umwerfen konnte, sogleich fahren zu lassen, die Rechte war am Steuer.

Marh stand am Ufer und winkte dem Boot Grüße
nach, bis es hinter den von den Klippen aufgeworfenen
Wellen verschwand; dann ging sie langsam nach Hause.

Die Sonne war indeß untergegangen, das Lichtspiel
in den Wellen, welche die Barke in westlichem Laufe
durchschnitt, wurde dunkler und verwischter, und die
düstere Grundfarbe der Wogen trat mehr hervor, während auf der östlichen Seite das silberne Licht des Mon-
des gänzlich vorherrschte, mit breiten Strahlen in den
Furchen des Bootes lachte und in tausend kleinen Lichtern auf den Spitzen der leichten Wellen ringsum
glitzerte und spielte. —

Das Ufer im Osten war längst verschwunden, und
die volle Einsamkeit des Meeres lag um den Dichter
und seine Barke, deren Segel sich noch immer vor dem
Landwind blähte. Welche Stille! Kein Fisch sprang in
der Fluth, kein Vogel zeigte sich in der Luft, kein Segel
glänzte nah oder fern auf den glatten Wogen. Wie
eine leis geflüsterte Meeressage klang nur vom Kiel herauf das Geräusch der Wellen, welche sein Lauf durchschnitt, leise, hohl und dumpf, nicht wie ein Ton aus

7 *

der Nähe, sondern als ob es der schwache Widerhall eines fernen Donnertosens im tiefsten Meeresgrund sei.

Shelley liebte solche Einsamkeit auf dem Meer oder in hohen, todten Gebirgsregionen über alles, er war dann mit der Natur, seinem Gott, allein und führte mit ihm eine Sprache, die, wenn ein Ton von ihr in die Welt hinausklang, dem Einen wie ein aus der Hölle entronnener Fluch, dem Andern wie eine Geisterstimme, welche selten spricht und noch seltener gehört wird, lautete.

Heute aber umklang den Dichter nicht die Stimme der Natur, sondern ein Schattenspiel von Erinnerungen zog in fast greifbarer Gestaltung vor seinem auf die Fluth gesenkten Blick vorüber. Dort sah er sich mit kaum erwachtem Bewußtsein als blassen, schmächtigen Knaben in der großen Schule zu Eton, abstoßend und abgestoßen, einsam mitten im Gewimmel jugendlicher Seelen, aber schon sinnend auf dichterische Stoffe, die sich — er ist kaum Jüngling — in zwei Romane gestalten und von der Kritik, welche die Person des Verfassers nicht kennt, wie Werke eines Mannes, hier mit Lob überhäuft, dort entschieden verworfen werden. Dann erscheint ihm der Jüngling, auf dessen Stirn die metaphysischen Zweifel brüten, bis er sich in die physikalische Forschung, in das chemische Laboratorium flüchtet. Dieses Bild verfließt in einer Explosion,

welche den kühnen Adepten in die Luft und dann fast
leblos an den Boden schleudert. Jetzt folgt der wer-
dende Mann, der ringt und kämpft, der, dem Anathema
einer ganzen Welt gegenüber, vor den versammelten
Autoritäten einer weltberühmten Universität steht, kühn
sein Werk mit der Aufschrift: „Die Nothwendigkeit des
Atheismus!" emporhält und sich statt des verlangten
Widerrufs anschickt, den Beweis seiner Thesen zu führen. Geschmäht, verfolgt, wie ein Pestkranker verlassen,
steht er dann da — da tritt ein holdes Mädchenbild,
halb Kind, halb Jungfrau, zu ihm und reicht ihm die
Hand; eine gebrechliche Barke trägt sie über ein rauhes,
nordisches Meer durch Klippen dahin nach einem versteckten Hafen; ein romantischer Bund, gesetzlos und
doch gesetzmäßig anerkannt, wird geknüpft. Ein ver-
flogener Rausch — eine trübe Oede — ein zerrissenes
Band — gebeugt, krank, arm — so sieht sich jetzt der
Dichter — und Wer naht und hilft ihm jetzt? Keine
menschliche Gestalt ist es, die ihn aufrichtet; sein
Dichtergenius tritt zu ihm hin, den er erst recht erkennt,
und ein schneller hoher Flug erhebt ihn über alle Be-
drängnisse. Jetzt steht er bei seinem Freunde, bei einem
Freunde, der ihn zu würdigen weiß, am blauen Ufer
des Genfer Sees, in welchem rothe Bergeskuppen ihr
fernes Licht spiegeln, dann durchkreuzt er mit ihm die
Lagunen, dann steht er wieder am Meeresstrand, ein

Schiff fliegt herbei, ein Boot löst sich ab, seine Mary liegt in den Armen des Selbstverbannten.

So sind die Visionen des nächtlichen Schiffers, wie er, regungslos am Steuer sitzend, vor sich hin in die Fluth starrt. Immer noch treibt die Barke voran, immer höher, glänzender steigt der Mond hinter ihm empor, in unsichtbarer Bewegung ereilt er den Schnellen, steht über seinem Scheitel, ist ihm voran, und blickt ihm ins Gesicht.

Der Strahl, der jetzt, lange nach Mitternacht, in das Auge des Dichters fällt, erweckt ihn aus seiner Träumerei. Es wird Zeit sein zur Rückkehr; er stellt das Segel herum, das Ruder dreht sich, er kreuzt dem Winde halb entgegen, nach dem Lande hin; allein langsamer geht nun die Fahrt, der Schiffer hat mehr auf Segel und Steuer zu achten, und der Wind ist etwas stärker geworden. Die Woge spritzt höher gegen den Kiel, er muß, weil er sie nicht mehr durchschneiden kann, auf sie emporsteigen und gleitet dann auf ihrer andern Seite rasch herunter, als wolle er in das Thal, das sich vor ihm öffnet, hinein und in die Tiefe fahren, allein kaum hat die Spitze des Schiffchens die Senkung erreicht, da schnellt sie auch schon wieder, von der nächstliegenden Woge getragen, lustig in die Höhe.

Ein Gedanke schießt jetzt durch den Kopf des Dichters und treibt ihn halb von seinem Sitze; in einen

Stoff, den er lange wie ein dunkles Chaos in sich herumgetragen, fällt ihm plötzlich ein Lichtstrahl, die ungeordnete Masse klärt sich, einzelne Formen, scharf abgeschlossen, treten herein, andere zeigen sich in halben Umrissen, es ist ein Gedicht, welches hier in der Inspiration des Augenblickes entsteht.

Allein wie leicht verschwindet dieser Hauch der Muse wieder mit dem Moment, wenn sie nicht für die Ausführung festgehalten wird! Eine Zeile, ein Wort genügt dann als ein feststehendes Symbol schon, um eine ganze Gedankenreihe wach zu rufen. Der Dichter greift nach dem Taschenbuch, allein Segelstrick und Steuerruder hindern die Bewegung der Hand. Und darum soll der unsterbliche Gedanke vielleicht verloren gehen? Einen Augenblick kann ja das Schiff schon treiben! Das Ruder wird losgelassen, der Segelstrick um dessen Griff gewunden.

Die Notiz ist gemacht, das Buch ist geschlossen, es ist in der Tasche, die Hand greift nach dem Ruder — da braust ein plötzlicher Stoß des immer stärker gewordenen Windes über die Fluth daher. Und reißt jetzt der Strick nicht oder nicht das Segel, das die Brise voll empfängt? Bricht das Ruder oder der Mast durch das plötzliche Anspannen des Leinwandfetzens nicht ab? Das schwache Werkzeug hält fest, das Boot steigt auf einer anstürmenden Welle in die Höhe, und im Wiederabgleiten schlägt es vor dem Seitendruck des Windes im Segel um.

Die umgestürzte Barke trieb sogleich vor dem Wind zurück, und Shelley, in die Wogen hinausgeschleudert, hätte ihm, wenn auch ein kundiger Schwimmer, ebenso-wenig folgen können, als aus dieser Entfernung das Land zu erreichen gewesen wäre. Allein er konnte nicht schwimmen, und so blieb dem Dichter dieser Todeskampf zwischen Hoffnung und Manneskraft auf der einen, der Unerbittlichkeit des Elements auf der andern Seite erspart.

Die vorige Stille der Fluth war wiedergekehrt, der Mond hatte sich nach seinem Untergang geneigt, und das Meer warf seine langen, silberweißen Strahlen an denselben Platz zurück, an welchem es vor wenigen Stunden im Sonnengold geglüht hatte. Der Wind wehte immer noch vom Lande, und die umgestürzte Barke trieb weiter ins Meer hinaus.

Mary hatte ihren Gatten nicht vor dem Morgen erwartet, allein als dieser ohne ihn gekommen war und rein und wolkenlos, ohne Zeichen eines Witterungswech-sels, emporstieg, beruhigte sie ihre aufsteigende Angst mit dem Gedanken, daß er, um den Sonnenaufgang auf dem Meere zu sehen, seine Fahrt ausgedehnt habe.

So wurde es Mittag; nun ging sie vor die Stadt und blickte auf das Meer hinunter. Unter der im Zenith stehenden Sonne lag es da, wie ein gewaltiger, dunkler, eherner Schild, ohne Glanz, Licht und Bewegung, allein diese Ruhe beruhigte Mary und sie kehrte bald, durch den glühenden Strahl vom Strande getrieben, nach ihrer Wohnung zurück.

Es wurde Abend, und ihre beiden Kinder fragten stammelnd nach dem Vater. Sie nahm sie an der Hand und ging wieder mit ihnen an das Meer hinaus, wo sich das herrliche Schauspiel des vorherigen Abends wiederholte. Es waren mehrere Segel in Sicht, allein keines erkannte ihr scharfes und wohlgeübtes Auge als das der befreundeten Barke. In großer Unruhe ging sie am Strande hin und her, hier und da hob sie ein paar bunte Muscheln auf und reichte sie den Kindern zum Spielen, dann blickte sie wieder auf die goldglän= zende Fluth, bis ihr die Augen schmerzten. Der Wind hatte umgesetzt und blies von Westen her, die ungleiche, fleckige Gluth des Abendroths sprach von einer Aen= derung in der Atmosphäre.

Plötzlich hörte sie hinter sich rasche Schritte. Eilig wandte sie sich um. Mylord! rief sie, willkommen, will= kommen! Sind Sie endlich angelangt!

Ich bin glücklich, Sie wieder zu sehen, Mary. Kaum angekommen, eilte ich in Ihre Wohnung und dann Ihnen nach ans Meer. Wo ist Shelley?

Wenn ich es wüßte! Und sie theilte dem Ankömm=

ling die nächtliche Fahrt ihres Gatten und ihre Besorgniß über sein Ausbleiben mit.

Mein Gott! wie können Sie sich darum ängstigen?
Percy ist ein vortrefflicher Seemann. Er hat doch
wohl, wie immer, Proviant in der Barke gehabt, und
ist, da es ihm gefiel, weiter gefahren — vielleicht auch
nach Elba hinüber! Wer kann das wissen?

Mary wollte sich noch nicht beruhigen. Trelawney
und Coolidge, welche dem Lord gefolgt waren, kamen
jetzt herbei.

Hier sind noch zwei tüchtige Seeleute, rief Byron,
ich will mit denselben ein wenig in die See hinaus-
kreuzen; vielleicht finden wir den Ausgeflogenen und
kapern und bringen ihn mit Gewalt zurück. Jedenfalls
erhalten Sie noch diese Nacht eine Antwort von mir.

Mary dankte und ging nach einem kurzen Zögern
in die Stadt zurück. Der Dichter und seine Genossen
mietheten eins der am Strande liegenden Fischerboote
und liefen aus. Allein der Wind war ungünstig, das
Boot ging schwer, man kam langsam voran, die Sonne
war schon versunken, und der Mond stand hoch, ehe
sich die Schiffer weit vom Lande entfernt hatten. Sie
gaben dann einige Zeichen, bald hallte ein Pistolenschuß
über die stille Fluth dahin, bald zischte eine Rakete mit
rothem Licht in den tiefblauen Nachthimmel hinauf,

allein von keiner Seite kam eine Antwort, alles blieb still und todt.

Man war im Begriff, die fruchtlose Expedition aufzugeben und nach dem Lande zurückzukehren, und Trelawney, welcher am Steuer saß, legte grade um, als Coolidge, vorn auf der Spitze stehend, plötzlich ausrief: Halt! was treibt dort?

Ein dunkler Körper glitt langsam auf der Fluth daher, man hielt darauf hin, er war schnell erreicht, und: Ein umgestürztes Boot! riefen alle Drei wie aus einem Munde. Ein umgestürztes Boot! und war das Shelley's Boot? und wenn? konnte es sich nicht, leer an einen. Tau liegend, losgemacht haben? konnte er nicht, wenn es mit ihm umgestürzt war, sich auf ein nahes Fahrzeug, an einen nahen Strand gerettet haben?

Der Dichter theilte nicht diese Vermuthungen, welche seine Begleiter aufstellten. Er hat Recht gehabt! sagte er, anscheinend ruhig, ich fühle, ich glaube, ich weiß, daß es sein Boot, daß er todt, daß er ertrunken ist. Wenn er nicht mein Freund wäre, wäre es vielleicht nicht so.

Seien wir froh, wenn wir seine Leiche auffinden und ich mein Versprechen halten kann. Von da an versank er in ein tiefes Schweigen und sprach kein Wort mehr, bis das Land erreicht war.

Dort angelangt, wollten Trelawney und Coolidge

nach der Stadt gehen, der Dichter aber bat sie, kurze Zeit auf ihn zu warten, bis er einmal am Strande hin- und hergegangen sei.

Einige hundert Schritte von ihnen entfernt, blieb er plötzlich stehen, dann winkte er sie herbei. Sie fanden den Lord im Ufersand neben einer Leiche knieen, welche auf dem Rücken lag. Der Mond schien voll auf das bleiche, schöne Gesicht des Ertrunkenen. Vor wenigen Augenblicken hatten ihn die Wellen fast an dieselbe Stelle getragen, an welcher am Abend vorher an seiner Seite seine Gattin die Muscheln für ihre Kinder auf= gelesen hatte.

Der Ort, die Zeit und die Männer waren nicht geeignet, sich in leeren Klagen zu ergehen. Nach kurzer Berathung übernahm es Trelawney, bei der Leiche, welche in eine nahe Fischerhütte getragen wurde, zu wachen; Byron ging zu Mary, um ihr die Kunde zu überbringen, Coolidge sollte die Vorbereitungen zu der eigenthümlichen Leichenfeier treffen, welche durch das von Shelley seinem Freund abgenommene Versprechen nöthig wurde.

Am nächsten Morgen lag ein trüber Nebel über dem Meer und der Küste. Weißlich und dick brütete er auf der Fluth, welche, nur auf eine kurze Strecke hinaus sichtbar, sich vor dem bevorstehenden Schauspiel ver=

hüllen zu wollen schien. Auf dem gelben Sand des Ufers war ein kleiner Scheiterhaufen errichtet.

In einiger Entfernung lagerte neugierig eine kleine Gruppe von Fischern, ein pittoreskes Bild durch die eigenthümliche Bekleidung und Haltung der schlanken, sonnengebräunten Gestalten.

Mary war, nach einer kurzen Ueberwältigung durch den Schmerz, ruhig und gefaßt geworden, und hatte im Entschluß, der Feier beizuwohnen, die ihr angebotene Begleitung Teresa's gern angenommen. Sie kniete einige Augenblicke neben der Leiche nieder, dann stand sie, von der Gräfin umschlungen, nahe bei dem Scheiter-haufen, dicht am Rande des Wassers.

Außer Byron, Trelawney, Coolidge und Wedmin nebst einigen Dienern war Niemand anwesend. Die Genannten hoben den auf einer Matte ausgestreckten Todten auf den Holzstoß, welchen dann der Lord mit einer bereit gehaltenen Fackel selbst entzündete.

Es dauerte lange, bis der Scheiterhaufen zusammen-gebrannt war; die Feuchtigkeit des Körpers widersetzte sich der Verbrennung, und die Flamme wollte in dem Nebel nicht recht aufschlagen. Langsam und dick wirbelte der Rauch auf allen Seiten um die Leiche empor und verhüllte sie meist den Blicken der Umstehenden.

Ein großer Raubvogel flog niedrig und in engen Kreisen grade über der Leiche und konnte weder durch den emporsteigenden Rauch, noch durch die Bewegungen der Umstehenden verscheucht werden, bis der Körper in Asche zerfallen war, worauf er sich schnell in die Höhe schwang und augenblicklich in dem dichten Nebel verschwunden war.

Es ist als ob er seine Seele aufgenommen und davongetragen hätte, unterbrach der Lord die tiefe Stille.

Ich hatte immer gedacht, sagte Coolidge leise zu Webmin, es sei ein erhabenes Schauspiel, einen Todten verbrennen zu sehen, und finde nun, daß es eher unschön ist.

Sie sollten es durch Ihren Pinsel verherrlichen, bei Gott! versetzte der Capitän.

Endlich war das Feuer ausgebrannt; ein ganz leichter, dünner Dampf kräuselte noch hier und da aus einer versteckten Kohle empor; die Form der Leiche ließ sich deutlich in der Asche erkennen, welche in der Mitte zusammengehäuft lag.

Mary war in Teresa's Armen ohnmächtig zusammengesunken.

Der Lord wies nun die Diener an, die Reste des unglücklichen Dichters in eine Urne zusammenzufassen.

Plötzlich hielt Tita in der Schale, mit welcher er die Asche aufschöpfte, etwas empor.

Byron nahm die Schale aus seinen Händen. Es ist das Herz! sagte er, ganz unversehrt erhalten. Nun wird man doch wohl glauben müssen, daß er ein Herz besaß, da er es selbst noch im Tode unvergänglich seinen Freunden ließ.

Coolidge übernahm es, die Urne, welche die Asche aufgenommen hatte, mit Webmin nach Rom zu bringen, wohin sich Byron jetzt nicht wohl wagen konnte, um sie bei dem wundervoll gelegenen Kirchhof an der Pyramide des Cestius, wo Shelley begraben sein wollte, beizusetzen.

Die Frauen fuhren nach der Stadt zurück. Byron lehnte die Aufforderung zum Mitfahren ab, und als sich seine Begleiter, erschreckt durch sein bleiches, geister= haftes Aussehen, ihm nähern wollten, wies er sie, ohne zu sprechen, durch eine lebhafte Bewegung zurück, ging einigemale schnell am Strande hin und her und ent= fernte sich dann eine kurze Strecke. Hierauf warf er seine Kleider ab und stürzte sich in die Fluth, gleich als ob er nun mit dem Element ringen wolle, welches seinen Freund bezwungen.

Trelawney, mit solchen Anfällen des Dichters bereits bekannt, bewog die beiden Andern, mit ihm wegzugehen. Byron blieb wohl eine Stunde im Meer und stürzte sich in die stärksten Klippenbrandungen, bis er endlich, körperlich ermüdet aber geistig erfrischt und erhoben, nach dem Ufer zurückkehrte.

Tita hatte unterdessen ein Pferd an den Strand

gebracht. Der Lord bestieg es und suchte sich in schnel-
lem Reiten ebenso auszutoben, wie er es vorher im
Schwimmen gethan hatte; es war schon gegen Abend,
als er endlich nach der Stadt sprengte. Für den Rest des
Tages blieb er für Jedermann unzugänglich unter dem
Vorwand von Unwohlsein, in Wirklichkeit aber blätterte
er das bei der Leiche Shelley's gefundene Taschenbuch
durch, welches ihm dessen Gattin als letztes Andenken
an den todten Freund angeboten hatte. Er war auf die
Spur der beabsichtigten Dichtung gekommen. Wenn es
ihm hätte glücken können, den Plan des Todten auszu-
forschen, nachzudenken, auszuführen? Allein die Halt-
punkte für die Denkfäden des e i n e n Genius blieben
dem a n d e r n nur Gedankensplitter, der Zusammenhang
fehlte, und auch aus dem Material schien es ihm unmöglich, etwas zu machen.

Der Dichter brütete vergeblich die halbe Nacht durch
über den zerstreuten Versen und Sätzen und besonders
den letzten, augenscheinlich in flüchtiger Eile hingewor-
fenen Notizen. Endlich ließ er in seinem Sinnen nach
und schrieb unter die letzten Worte vier Zeilen aus
Shelley's „A l a s t o r":

> „Rastloser Drang trieb ihn ins Schiff, den Tod
> In seiner Meereseinsamkeit zu suchen:
> Er wußte wohl, der mächt'ge Schatten liebt
> Die feuchten Höhlen der belebten Tiefe."

VI.

Faſt zu gleicher Zeit mit Byron war auch ſein Haus=
halt mit Fletcher und Marietta in Piſa eingetroffen. Seine
Ankunft, vorher verkündigt, wurde als ein glückliches
Ereigniß betrachtet und gefeiert, wegen ſeiner bekannten
Milcthätigkeit gegen die niederen Stände der Städte,
in welchen er lebte; er pflegte damals den vierten Theil
ſeines jährlichen Einkommens, alſo beiläufig tauſend
Pfund, für Almoſen auszugeben.

Der Lord bezog wiederum den Palaſt eines ausge=
ſtorbenen edlen Geſchlechtes, die Caſa Lanfranchi, eines
der älteſten und feſteſten Häuſer der Stadt. Die Ein=
richtung war leicht zu machen, da der Raum ſo unge=
heuer war, daß der Dichter mit all ſeinem zahleichen
Gefolge und umſtändlichen Hausrath nur ein Stockwerk
ausfüllen konnte.

Mit der Vorderſeite nach dem Arno gelegen nahm
ſich der Palaſt von außen zwar etwas verfallen, allein
ganz ſtattlich und ſogar freundlich aus. Auch bei dem

erften Eintritt gefiel die maſſenhafte Geräumigkeit und eine kühn aufgeſchwungene Treppe, welche von Michel Angelo gebaut ſein ſollte.

Bei näherer Betrachtung jedoch machte das Gebäude einen höchſt unheimlichen Eindruck; kleine Treppen oder Gänge führten hier und da aus den Haupttheilen ab, und folgte man ihren düſteren Windungen, ſo gelangte man an Thüren mit ſchwerem Eiſenverſchluß, welche ſeit Jahrhunderten nicht geöffnet worden zu ſein ſchienen und zu denen man die Schlüſſel vergeblich geſucht haben würde, oder man ſah ſich plötzlich in den dunkeln Zellen oder Thürmchen mit einem grauſigen, ſchwarzen Abſturz in der Mitte. Rief man hinein, ſo tönte erſt nach einigen Secunden ein hohlklagendes Echo zurück, ließ man einen Stein hinabfallen, ſo konnte man eine halbe Minute zählen, bis der ſcharfe Laut des Auf= treffens auf einen gepflaſterten Boden oder eine Waſ= ſerfläche emporſtieg, und der Verſuch, durch hineinge= worfene brennende Strohbüſchel zu erleuchten, blieb ganz vergeblich, da dieſelben ſogleich erloſchen und dadurch eine im hohen Grad verdorbene Luft verkündeten.

In den weiten oberen Theilen des Palaſtes, welche zu betreten man ſich faſt ebenſoſehr ſcheute, als die ver= ließartigen Kellertheile, waren Thüren und Fenſter nicht mehr in rechtem Stande, und ſo erzeugte jeder Wind=

stoß durch seine Brechungen und den Luftzug die eigen-
thümlichsten oft sehr schreckhaften Töne.

Waren schon diese letztern geeignet, bei der abergläu-
bigen Dienerschaft den Glauben an eine Gespensterwirth-
schaft im Palast zu erzeugen, und lieferten die unterir-
dischen Verließe ein schnell bereites Material dazu, so
fand sich auch noch ein besonderer Umstand, welcher für
Jedermann, gläubig oder ungläubig, das Unheimliche
des Platzes nur vermehren konnte.

Auf dem linken Flügel des bewohnten Stockwerks
nämlich sollte sich, nach der Analogie des rechten, in der
Umfassungsmauer eine ziemlich tiefe, halbkreisförmige
Nische vorfinden — allein diese fehlte, die Wand lief
grade fort. Doch ließ sich die Spur der Nische, welche
einst da war, wohl erkennen; die glatten, wohlbehaue-
nen Quadern der Mauer zeigten ihre Seiten und den
oberen Bogen ganz deutlich, nur war der offene Raum
durch ein Mauerwerk von rohen Steinen ohne Bekleidung ausgefüllt. Massiv war diese Ausfüllung nicht,
das hörte man deutlich an dem dumpfen Schall, wenn
man an die Mauer klopfte — welchen Zweck hätte sie auch
gehabt? Es war ein Raum zwischen der Nischenwand
und der vorderen Mauer, und als dieses einmal aus-
gemacht, galt es für ebenso gewiß, daß dieser Raum dazu
gedient hatte, Jemanden, vielleicht mehrere Personen darin einzumauern.

8 *

Der Ort sprach allerdings dafür, und was die Per=
sonen angeht, die zur That fähig gewesen sein mußten,
so wußte man bald, daß die Lanfranchi zu ihrer Zeit
nahe bekannt und verwandt waren mit jenem Dämon,
welcher den unglücklichen Ugolino in Gesellschaft der
Leichen seiner ermordeten Familie in den Hungerthurm
sperrte und dann vor seinen Augen den Schlüssel in
den Fluß warf.

Es war in der Nacht nach Shelley's Begräbniß,
als sich Byron nach Durchsicht jenes Taschenbuchs eine
Stunde nach Mitternacht zur Ruhe begeben wollte, gei=
stig aufgeregt durch den Schmerz um die letztvergange=
nen Hoffnungen und Shelley's Tod, körperlich abge=
mattet durch die Anstrengungen der Ereignisse in und
bei Ravenna, der Reise und des letzten Tages.

Er war grade im Begriff in das Bett zu steigen,
als in der regungslos stillen Nacht ein Ton sein Ohr
traf. Er horchte auf. Lang hingezogen klang es, schrill
wie der Ton einer plötzlich zerrissenen Saite, um eine
Note höher schlug dann der Laut auf und verstummte.
Zum zweiten, zum drittenmal in kurzen Absätzen klang
es wieder, dann war alles so still wie zuvor.

Regungslos stand der Dichter, bis die Laute ver=
hallt waren, dann wandte er sich sonderbar erregt her=
um — und sieh, keine drei Schritte von ihm, im Schein
der Lampe deutlich erkennbar, stand die Gestalt des

tobten Freundes, genau, ganz genau so, wie er ihn zu=
erst am vorigen Abend am Strande liegend gefunden
hatte.

Byron trat einen Schritt vorwärts, die Erscheinung
winkte ihn zurück, sanft, mild und freundlich war der
Ausbruck des bleichen, edlen Gesichtes. Dann breitete
die Gestalt einmal die Arme aus wie zum Abschieds=
gruß — und war verschwunden. Wieder erklang drei=
mal jener sonderbare Ton der zerrissenen Saite. Der
Dichter sank, noch halb angekleidet, auf sein Lager und
blieb regungslos, bis er, erst um die Mittagsstunde des
folgenden Tages, wieder erwachte, munter und kräftig
an Leib und Seele.

Er verlangte sein Frühstück, und erst nach und nach
dämmerte ihm die Erinnerung an die Erscheinung der
Nacht auf. Ungewiß, ob er Wirklichkeit oder ein Spiel
seiner übermäßig erregten Geisteskräfte vor sich gehabt
habe, war er noch unschlüssig, ob er etwas davon seinen
Freunden mittheilen solle, als Pietro Gamba und Web=
min gemeldet wurden.

Guten Morgen, Mylord, sagte Letzterer; haben Sie
wohl geschlafen?

Guten Morgen, Capitän! Pietro! Danke! ganz
vortrefflich!

Sonderbar! bei Gott! Mylord, wir kommen heute

in einer officiellen Eigenschaft zu Ihnen, als Abgeord=
nete, bei Gott!

Als Abgeordnete? Und von wem, Capitän?

Lachen Sie nicht, Mylord! Aber es ist zum La=
chen, bei Gott. Von Ihrer Dienerschaft.

Von meiner Dienerschaft?

Ja wohl, Fletcher und Tita an der Spitze.

Und warum kommen sie nicht selbst?

Sie fürchten schlimm empfangen zu werden. Sie
haben heute Morgen ein Meeting gehalten und unter
Fletchers Vorsitz einstimmig beschlossen, daß es im Pa=
last spukt.

Der Lord lachte nicht, wie die beiden Anderen er=
wartet hatten, sondern wurde sehr ernsthaft. Er zog
die Klingel, Fletcher trat unter die Thüre.

Laß die ganze Dienerschaft hereinkommen, Fletcher!

In wenigen Augenblicken war dem Befehl Folge
geleistet.

Was habt ihr? fragte der Lord, was wißt ihr von
einem Spuk hier im Hause?

Ein allgemeiner Lärmen entstand, denn Jeder schien
etwas zu wissen und es zuerst anbringen zu wollen.

Ruhe! befahl der Lord, Einer nach dem Andern.
Jacopo! tritt hierher! was weißt du?

Ich schlafe auf dem rechten Flügel in einem Zim=
mer nach dem Hofe zu mit Battista, Mylord, und mit=

ten in der Nacht schrie er etwas von Gespenstern und
weckte mich auf, und als ich ihn fragte, was er gesehen
oder gehört habe, schnarchte er wie eine Ratze und gab
mir keine Antwort, worauf ich auch wieder einschlief.

Battista! warum hast du Jacopo geweckt?

- Mylord! ich bin nicht recht auf der Brust, wie Sie
wissen, und da muß ich Nachts manchmal husten, und
wie mir das diese Nacht ankommt und ich darüber auf-
wache, so höre ich ganz deutlich über mir hingehen und
hinschleifen und stampfen und Thüren auf- und zuschla-
gen. Ich rief nach Jacopo, steckte meinen Kopf unter
die Decke, betete ein Ave und muß darüber wieder ein-
geschlafen sein.

Du hast den Wind gehört, der Thüren auf- und
zuschlug.

Aber, Mylord, es sind gar keine Thüren mehr droben, mit welchen der Wind schlagen könnte.

Dann hast du geträumt. Wie ist's mit dir, Antonio?

Ein bejahrter Diener von sehr gesetztem Aussehen
trat vor. Mylord! sagte er, in meinem Alter leidet man
leicht an Schlaflosigkeit und ist dann mitten in der Nacht
im Bett so munter, wie nur bei Tage. Und so hörte
ich, wie heute Nacht eine Stunde nach Mitternacht dreimal ein scharfer Ton durch die Gänge fuhr, und dann
war es still, und dann noch dreimal. Und dann blieb
wieder alles still.

Der Lord konnte kaum seine Bestürzung verbergen.

Du bist ein glaubwürdiger Mann, Antonio, sagte er dann, schnell gefaßt, und magst die Töne gehört haben. Allein Gespenster pflegen sich so nicht zu äußern. Wer hat noch etwas zu sagen?

Tita trat vor.

Tita! rief der Lord erstaunt, der tapferste Mann seines Jahrhunderts! Ich muß mit Cäsar sagen: auch du, mein Sohn! Wenn es in Venedig bekannt wird, daß sich Tita vor Gespenstern fürchtet, werden dich bei deiner Zurückkunft die Fischweiber mit Aalschwänzen auf der Piazzetta herumjagen.

Mylord! versetzte der stattliche Gondolier sehr kleinlaut, unter sterblichen Menschen von Fleisch und Bein stehe ich gegen Drei oder auch Vier, je nachdem sie sind, aber mit Geistern — nein — an die glaubt jeder gute Christ und Jud; Türk und Heide fürchtet sich vor ihnen. Meine Großmutter sagte immer: je stärker gegen Menschen, desto schwächer gegen Geister! Das hab ich wohl behalten.

Ich hatte eine Amme, Tita, die sagte etwas ähnliches. Hast du noch mehr Ammenmährchen?

Verzeihen Sie, Mylord! Aber ich schlafe auf dem linken Flügel, und die ganze Nacht hat es geklopft und gepocht und geschrieen in der Nische, wo der alte Franzesco Lanfranchi den spanischen Sänger Pablo Montez einmauern ließ zusammen mit seiner Guitarre und sonst nichts, blos weil ihn seine Tochter, die schönhaarige Fiammetta, so gerne singen hörte.

Ah, ihr habt euch schon eine Mordgeschichte für die Mauer zurecht gemacht, sehe ich! Kein Wunder, daß euch die selbstbeschworenen Gespenster Nachts aus dem Schlaf klopfen. Fort mit euch, fort mit euch allen, legt euch heute Abend schlafen, ohne euch vorher Geistergeschichten zu erzählen, dann werdet ihr keinen Laut mehr vernehmen.

An strengen Gehorsam gewöhnt, gingen Alle schnell aus dem Zimmer, nur Fletcher wandte sich mit einer bittenden Bewegung um, worauf ihn der Lord zu sich heranwinkte.

Nun, Fletcher, sagte er, was ist's mit den Leuten? Welche Einbildung hat sie erfaßt?

Der Kammerdiener sah bleich und übernächtig aus.

Mylord! stammelte er, keine Einbildungen! Wirklichkeiten!

Was! rief Byron erstaunt, du, John Fletcher, ein geborener Engländer, sprichst von Geistern wie von Wirklichkeiten? Wann hast du es jemals mit einem Geist zu thun gehabt?

Mylord! wandte der Kammerdiener ein, noch gestern würde ich Jedem, der mir davon gesprochen, ins Gesicht gelacht haben, allein heute — nein — es ist zu stark —

Mylord, ich bitte Sie um Gotteswillen, verlassen Sie Sie dieses Haus so bald als möglich!

Bist du närrisch? Ich habe den Palast auf ein Jahr gemiethet und muß ihn so lange bezahlen, also werde ich auch ein Jahr darin wohnen müssen.

Mylord! mit allem Respect, den ein Diener stets der bloßen Meinung seines Herrn schuldig ist, muß ich mir doch erlauben, zu sagen: ich bin ein Engländer und kenne die Gesetze, Mylord! und wenn ich in England, sei es in Berwick oder in Lancaster oder wo man will, ein Haus miethe, wie etwa diesen derb — alten Platz hier, so verlange ich, daß er mein ist, und daß ich allein bin, und geht es darin zu, wie hier, so ziehe ich auf der Stelle heraus und zahle keinen Penny für die Bude, und wenn ich deshalb vor den Alderman gezogen werde, sage ich: ich habe ein unbewohntes Haus gemiethet, um es selbst zu bewohnen, jenes Haus aber ist nicht unbewohnt, vielmehr bewohnen es Gespenster, welche sich besonders Nachts bemerklich machen mit Schreien, Pfeifen, Klopfen, Stampfen und Citherspielen. Da demnach jenes Haus ein bewohntes ist, und ich ein unbewohntes gemiethet habe, so habe ich jenes Haus nicht gemiethet und bin nicht schuldig, darin zu wohnen, und noch weniger, etwas dafür zu bezahlen. Und daraufhin würde der Alderman mir Recht geben und den Kläger ab und zur Ruhe und in die Kosten verweisen.

Alles in der Ordnung, Fletcher, sagte der Lord mit größter Ruhe, wenn wir in England wären; allein wir sind, wie du selbst am besten weißt, nicht dort, so müssen wir uns den Sitten des Landes fügen, wo wir grade sind; dieselben bestehen in diesem Fall darin, daß die Gespenster, wenn es überhaupt welche giebt, sich in solch alten Häusern, wie dieses, am liebsten aufhalten. Wir können dann noch von Glück sagen, daß sie uns in Ravenna und im Palast Mocenigo ungestört gelassen haben.

Fletcher senkte den Kopf.

Mylord, sagte er nach einer Pause, es kann mir nicht zukommen, Unabänderliches ändern zu wollen. Allein eine Bitte habe ich, welche Sie Ihrem ältesten und vielleicht treuesten Diener nicht abschlagen werden. Gestatten Sie mir, mein Zimmer zu wechseln!

Und warum das?

Es liegt am Seitengang der großen Treppe, welcher nach den tiefen Kellern führt. Die Erscheinungen dieses Hauses müssen dort ihr Hauptquartier haben, denn schon seit zwei Nächten kann ich kein Auge zuthun vor dem Geschrei in den Kellern, dem Trappeln auf den Gängen, dem Pochen in der Nische und dem Sausen und Brausen im oberen Stockwerk.

Der Lord schien einen Augenblick zwischen einem Ausbruch des Zorns und des Lachens zu schwanken, allein die tiefe Betrübniß, welche Fletchers Gesicht und Haltung aufgeprägt war, ließ zuletzt die Empfindung des Mitleids vorwiegen.

In Gottes Namen! sagte er, suche dir dann dein Quartier, wo du willst. Stecke dich zu dem muthigen Tita oder verbirg dein Klappergebein unter Marietta's Unterrock, der einzigen, die ich heute unter euch Geistersehern nicht bemerkt habe. Ich selbst werde in deinem Zimmer schlafen und die Bekanntschaft deiner Geister machen.

Mylord!

Triff sogleich die nöthigen Anordnungen! Hörst du? Geh!

Fletcher verschwand, ohne die Wiederholung des letzten, gemessenen Befehls abzuwarten.

Erlauben Sie mir, Mylord, sagte nun Webmin, Ihnen bei Ihrer Wache Gesellschaft zu leisten! Ich wäre sehr neugierig, gleichfalls diese Gespenster kennen zu lernen, bei Gott!

Ich danke, Capitän. Ich thue es einestheils, um die lästige Unruhe der Dienerschaft zu verscheuchen, anderntheils — weil ich selbst heute Nacht eine Erscheinung gehabt und besonders denselben Ton gehört zu haben glaube, welchen Antonio beschrieb — und zu beidem muß ich allein sein.

Eine Erscheinung haben Sie gehabt? fragte Gamba erstaunt.

Ja, allein ich halte sie für eine Spiegelung meiner überreizten Nerven. Des Tons glaube ich eher gewiß zu sein. Jene Vorspiegelungen sind häufig: Brutus hatte sie während des Feldzugs gegen Octavian und Antonius, der König Saul glaubte, in den Gaukeleien der Hexe von Endor einen Geist zu sehen, Pausanias sah seine im Finstern durch Verwechselung ermordete Geliebte, das Mädchen von Byzanz, als er sie durch die arkadischen Zauberer in Phigalia beschwören ließ, um ihre Verzeihung zu erlangen, und dem Sir Myles Andrews erschien sein Freund, Lord Lyttleton, im Augenblick, als er starb, um ihm seinen Tod zu verkündigen.

Und Wen glaubten Sie zu sehen?

Shelley.

Eine Pause entstand.

Was Tita von dem spanischen Sänger sagte, ergriff dann Pietro Gamba das Wort, ist nicht ohne Grund.

Wirklich? Erzählen Sie!

Die Geschichte ist kurz, aber gräßlich. Man sagt, der alte Francesco Lanfranchi, der Letzte seines Stammes, habe keine männlichen Nachkommen gehabt, sondern nur eine Tochter, Fiammetta. Er haßte sie nur darum, weil sie den Namen seines Stammes nicht fortpflanzen konnte, und wollte sie deswegen ins Kloster verstoßen. Das schöne und talentvolle Mädchen stand im Begriff, sich diesem harten Machtspruch zu fügen, als sie zufällig in Florenz einen jungen Spanier, Pablo Montez, welcher in Bologna studirte, kennen lernte. Sie liebten sich, und wohlbewußt, daß Francesco nie ihre Verbindung dulden würde, beschlossen sie zu entfliehen. Die Flucht aber wurde im Augenblick der Ausführung entdeckt und Beide ergriffen. Francesco ließ den Unglücklichen, wie er gefangen war, lebendig in jener Nische einmauern.

Entsetzlich!

Soweit scheint die Sache ziemlich gewiß. Die Sage erzählt weiter, daß der Spanier, welcher ein guter Sänger und Citherspieler war, nachdem er sich in den ersten Tagen ganz ruhig verhalten, mit einemmal die wundervollsten Lieder und Romanzen zu spielen und zu singen begann, daß man es ganz deutlich hören konnte und Jedermann das tiefste Mitleid empfand, bis auf Lanfranchi, welcher des Unglücklichen spottete. Endlich verstummte Pablo — da entkam auch Fiammetta an demselben Tage aus dem Zimmer, in welchem sie bewacht wurde, und stürzte sich in eins der grade geöffneten Verließe hinab, worauf nichts mehr von ihr gehört und gesehen wurde. Von jener Zeit an war der Spuk im Hause; man hörte in ganz leeren Kellern schreien und ächzen, auf den

Gängen laufen und dergleichen. Das Schrecklichste jedoch war, daß sich von Zeit zu Zeit an gewissen Tagen die Musik in der vermauerten Nische wiederholte
und mit ihren wehmüthigen Klagetönen das ganze Haus
erfüllte. Entsetzen trieb alle Bewohner aus dem Palast,
sogar den wilden Francesco, und seit jener Zeit stand
er unbewohnt. Francesco Lanfranchi starb bald darauf
an Gift, und mit ihm war die Familie ausgestorben.

Während der letzten Worte trat der americanische
Maler ein. Ah, unser Künstler! rief der Lord ihm
entgegen, Sie werden mich entschuldigen, meine Herren,
ich habe versprochen, ihm heute zum zweitenmal zu
sitzen.

Wedmin und Gamba gingen. Während Coolidge
seine Staffelei herrichtete, unterhielt sich der Dichter
lebhaft mit ihm. Gestern, sagte er, ist ein italienischer
Künstler von ziemlichem Ruf, Bartolini, bei mir gewesen, und bat mich, ihm für eine Marmorbüste zu sitzen.
Ich habe es ihm versprochen unter der Bedingung, daß
er auch eine Büste der Gräfin Guiccioli anfertige.

Ich habe Ihre Büste von Thorwaldsen gesehen,
allein sie scheint mir in den Proportionen nicht ganz
richtig zu sein.

Meinen Sie? Ich finde auch, daß ich sehr alt bei
ihm aussehe. Ich sollte mich nur malen lassen —

obwohl ich der Sculptur als Kunst den Vorzug vor der Malerei gebe.

Ich habe das aus dem letzten Gesang des Childe Harold gesehen.

Uebrigens habe ich in der Kunst kein Urtheil.

Darf ich nun um Ruhe bitten?

Der Dichter saß eine Weile still und schweigend.

Coolidge war im Begriff, die Contoaren zu vollenden. Gestalt und Gesicht des Lords neigten zur Fülle, allein nicht mehr als um den scharf geschwungenen Linien den Ausdruck der Anmuth zu verleihen. Der Kopf war auffallend dünn, das gelockte dunkle und schon mit Grau gemischte Haar bedeckte ihn reichlich. Die reine Stirn von glänzendem Weiß, die in schöner Profilirung daran angeschlossene griechische Nase, der feine Mund und die runden Linien des Kinnes vereinigten sich, um das lebende Bild des Belvederischen Apoll, mit welchem nach dem Urtheil vieler Zeitgenossen Byron die sprechendste Aehnlichkeit hatte, zu vollenden. Das große lebhafte Auge jedoch, dessen Glanz seine Grundfarbe kaum erkennen ließ, und der im Verhältniß zu der Farbe des Haares ziemlich helle Schnurrbart verwischten wieder einen Theil jener Aehnlichkeit.

Könnte der Gesichtsausbruck nicht ein wenig heiterer sein? fragte nun Coolidge. Wir erhalten sonst ein Titelblatt zu der Wanderfahrt.

Der Anlaß zu der Veränderung kommt eben, versetzte der Dichter lächelnd.

E' troppo bello! Diese Worte ertönten hinter dem Künstler, und als er sich umwandte, gewahrte er in einem offenen Balkonfenster, wie in einem Rahmen, eine weibliche Figur von etwas unter mittlerer Größe; das blonde Haar um ihr Gesicht umstrahlte sie, in einem Reflex des hinter ihr einbringenden Lichtes, wie Gold, und erst nachdem sie aus dem Fenster ganz ins Zimmer hereingetreten war, erkannte der Künstler die Gräfin, welche er schon öfters in Gesellschaft des Lord gesehen hatte. E' troppo bello! wiederholte sie, Sie schmeicheln, Herr Americaner.

Nicht doch! versetzte Dieser und malte eifrig weiter, denn mit dem Eintritt der Gräfin hatte ein sehr glücklicher Anflug von Heiterkeit den ernsten Gesichtsausdruck des Lords verdrängt, und der Künstler eilte, den günstigen Moment zu benutzen.

Die Gräfin war während der ganzen Sitzung geblieben. Was ist, Teresa? fragte nun der Lord, nachdem der Künstler sich entfernt hatte, ist etwas Besonderes vorgefallen?

Ja, versetzte ruhig die Gräfin, wir sollen auch von hier vertrieben werden.

Graf Guiccioli . . .

Natürlich. Erst wollte er eine Klage gegen meinen

Vater einleiten, der mich entführt haben soll — auf Herausgabe seiner Frau — der Elende! Allein unser Recht ist zu klar und er hat keinen — keinen Abvocaten gefunden, der seine Sache vor den toscanischen Gerichten hätte übernehmen wollen.

Und nun muß ihm die Politik einen Vorwand geben!

Er versteckt sich hinter den heiligen Stuhl. Unsere Anwesenheit in einem Lande so nah bei dem Kirchenstaat sei der Ruhe desselben gefährlich — Vorwände finden sich immer!

Immer! Behaupteten sie nicht in Ravenna, meiner Bedienten Livree habe die päpstlichen Farben? Als ob blau und weiß nicht schon seit Jahrhunderten die Farben der Byron gewesen wären! Nun — wie Gott will! Der Papst hat bei ihm mehr zu sagen als wir, und so müssen wir ihm weichen.

Als der Abend gekommen war, ließen seine Freunde den Lord nach dem gewöhnlichen Spazierritt auf seinen Wunsch allein. Er dinirte und begab sich nach neun Uhr in Fletchers Zimmer, welches zu seiner Aufnahme hergerichtet war.

Dieses Zimmer lag links vor der Haupttreppe und, wie Fletcher bemerkt hatte, dicht neben einem schmalen, gewundenen Gang, welcher zu einem Theil der Keller hinabführte. Die beiden Fenster befanden sich auf der

Rückseite des Palastes, die einzige Thür öffnete sich auf den Hauptcorridor desselben.

Der Lord setzte sich an einen mit zwei Lichtern versehenen Tisch und begann Briefe zu lesen und zu schreiben. Neben sich hatte er, mehr zur Beruhigung des ängstlichen Fletcher als wegen einer persönlichen Befürchtung, zwei Pistolen liegen.

Ich habe sie wohl geladen, versicherte Fletcher, als er sie dem Lord in das Zimmer geleitend auf den Tisch legte.

Glaubst du denn wirklich, hatte Dieser versetzt, daß ein Geist ohne Körper gegen Jemand, welcher mit beiden: Geist und Körper, versehen ist, etwas ausrichten kann?

Sobald der Diener sich entfernt hatte, zog der Lord die Kugeln aus den Läufen und ließ nur den Schuß darin.

Die gesammte Dienerschaft hatte den strengen Befehl erhalten, sich zur gewöhnlichen Stunde in ihre Zimmer und zu Bett zu begeben und dieselben nur bei einem ganz außergewöhnlichen Lärmen vor Tagesanbruch zu verlassen.

Ueber mehreren wichtigen Briefen, die der Lord zu schreiben hatte, vertiefte er sich so, daß er seine Situation und den Flug der Stunden vergaß. Mit vorrückender Zeit war es allmälig im Palast ganz still geworden,

9*

die Diener suchten nach und nach ihre Zimmer, Flet=
cher und Tita zogen sich, nach einer gemeinschaftlich
unternommenen Runde, zuletzt zurück, und als die
Glocke elf geschlagen hatte, war kein Geräusch mehr in
dem weiten Gebäude vernehmbar. Alles blieb ruhig,
und der Dichter war ungestört an seiner Arbeit.

Endlich — auf den Thürmen der Stadt hatte es
längst Mitternacht geschlagen — schreckte ihn ein Ge=
räusch aus seiner Beschäftigung auf. Er horchte, ohne
aufzustehen. Wie ein hallender Klageton zog es durch
den langen Gang, bald stärker, bald schwächer, bald
schien es an der Decke hinzuflüstern, bald aus der Tiefe
emporzusteigen, und dann und wann schallte ein schär=
ferer, abgerissener Laut dazwischen, allein alles so dumpf,
so unbestimmt, daß es schwer hielt, einen sicheren Be=
griff von dem Wesen der Töne zu bilden. So ging
es fort. Der Dichter stand auf und öffnete die Thüre,
allein der Ton wurde nicht deutlicher und nicht unbe=
stimmter, fort und fort liefen seine Schwingungen, und
er begann an Gamba's Erzählung von dem eingemauer=
ten spanischen Sänger zu denken.

Byron wollte zuerst nach der vermauerten Nische
hingehen, allein ein Gefühl der Lächerlichkeit einer sol=
chen Sage gegenüber und die Besorgniß, die Diener=
schaft aufzustören, hielten ihn zurück. Konnte es denn
nicht der Wind sein, der oft so wunderliches Spiel treibt?

Er öffnete ein Fenster, und in der That, eine tüchtige Brise wehte vom Meere herüber und brach sich mit einem sonderbaren Geräusch an den Ecken und Vorsprüngen des Gebäudes. Dieses Geräusch war dem in dem Innern des Hauses ähnlich, nur deutlicher, weil es nicht von großen, leeren Räumen wiederholt wurde. Kein Zweifel mehr, es mußte der Wind sein, der durch das obere Stockwerk und den Keller sauste.

Der Lord setzte sich wieder hin, um zu schreiben, allein diesmal behielt die Außenwelt ihre Macht über ihn. Er lauschte immer wieder auf den Gesang des Windes, und das monotone Geräusch übte eine einschläfernde Wirkung, die Buchstaben begannen vor seinen Augen zu schwimmen, die Feder entfiel seiner Hand, er sank bald zurück auf den Divan, auf welchem er saß, und war im Augenblick eingeschlummert.

Ein kurzer, aber wirrer und wilder Traum kam schnell über ihn. Er sah sich im Gang des Palastes, der alte Lanfranchi stand vor ihm, neben ihm zwei Gefesselte, er wußte, daß es Fiammetta und Pablo sein mußten. Nun begann das ganze schreckliche Schauspiel der Trennung der Liebenden und der Vollstreckung des Urtheils sich vor ihm abzurollen; wie sich die Mauersteine fügten, sang der Spanier laut und immer lauter seine heimischen Romanzen, und schrill klangen die Saiten seiner Cither dazwischen. Der Dichter strebte zu helfen, allein wie eingewurzelt stand er an der Wand, er fühlte ein Postament unter seinen Füßen und war eine der leblosen Statuen, welche die Wände des Corridors schmückten. Jetzt nahm Fiammetta die Gestalt Teresa's an, sie streckte hülfesuchend ihre Arme nach ihm aus, er konnte sich nicht regen, und höhnisch schaute Francesco ihn mit dem Gesicht des Grafen Guiccioli an.

Nun war der letzte Stein gefügt, da fühlte sich der Dichter an Pablo's Stelle eingemauert in der Nische, die Wand lastete auf ihm, sie drohte ihn zu erdrücken. Er stemmte sich mit Gewalt entgegen und athmete hoch auf, denn die Luft fing an, sich zu verdichten. Er sträubte sich mit allen Gliedern, ein Schrei entrang sich seiner Brust — da erwachte er und fuhr taumelnd und verwirrt in die Höhe.

Der Schlaf konnte nicht lange gewährt haben, denn die Lichter waren nur wenig heruntergebrannt, und eine ferne Glocke schlug Ein Uhr. Der Wind hatte sich gelegt, Todtenstille herrschte wieder im ganzen Hause, aber die Nachwirkung des Traums schüttelte ihm frostig die Glieder. Was war das? Hat sich die Thür geöffnet? Nein! Aber ein frischer Luftzug traf seine Stirne. Er wendet sich um nach der Wand links, woher der Hauch kam. Dort an der Mauer steht eine Gestalt, deutlich im hellen Schein der beiden Lichter, eine graue Gestalt,

tief verhüllt in die Kutte eines Mönches! Instinctiv
ergreift der Dichter mit der einen Hand eine Pistole, er
vergißt, daß sie ohne Kugel ist, mit der Linken reibt er
sich die Augen, blickt wieder hin, die Figur steht noch
da, sie bewegt sich. Sein Blut wirbelt einen Augen=
blick wild in seinem Kopfe, einen Augenblick hält es,
wie eingefroren, still, dann faßt er sich und schreitet
mit erhobener Pistole gegen die Gestalt los. Sein
Schatten tritt zwischen die Lichter und die Wand, ein
Schritt zur Seite, und das helle Licht fällt wieder auf
den Platz, wo sie gestanden — der Platz ist leer.

Wieder hemmt ein Moment der höchsten Bestürzung
seine Bewegung; da fallen ihm der Mistreß Radcliffe,
Mathurins und anderer beliebter Schriftsteller seiner
Zeit gemachte Gespenster in alten Schlössern ein; die
Erscheinung muß körperlich gewesen sein, denn sie war
unzweifelhaft da, er nimmt mit der Linken eins der
Lichter und eilt gegen die Wand — an der Stelle, wo
das Gespenst stand, öffnet sie sich, eine verborgene
Thüre führt auf den Seitengang. In dessen Tiefe
sieht er die graue Gestalt grade noch eilig verschwinden;
ein Betrug, ein Verbrechen ist hier im Spiel, er eilt
nach.

In diesem Augenblick ertönt aus dem obern Stock=
werk ein Poltern, Trappeln und Schlagen in wildem
Durcheinanderschallen. Die Diener stürzen erschreckt

aus den Thüren, und Tita erblickt den Lord grade noch, wie er sich, mit dem Licht in der einen, dem Pistol in der andern Hand, im Fond des Seitengangs verliert; er hört ihn rufen: Halt oder ich schieße! und eilt ihm nach. Ein Schuß knallt nun aus der Tiefe, und ein dumpfes, vielfaches Echo hallt in dem weiten, öden Gebäude wieder. Mit ihm verstummt das Geräusch im oberen Stockwerk.

Tita findet seinen Herrn, mit dem abgeschossenen Pistol, an den kahlen Wänden herumfühlend.

Banditen sind es, ruft ihm Dieser entgegen, und keine Gespenster, die hier hausen. Das ganze Haus wird durchsucht!

Der Lord kehrt mit Tita in den Hauptgang zurück und weist die Dienerschaft, welche mit einemmal Muth bekommt und sich bewaffnet, zur Streife an. Jacopo wird mit Einigen in das obere Stockwerk beordert, Tita soll mit Andern die Seitengänge und Treppen durchsuchen, Byron bleibt mit den Uebrigen an der Haupttreppe.

Von oben her ertönt nun Geschrei und Gelächter, bald kommen die Ausgesandten zurück und bringen eine sich sträubende Gestalt in langem weißen Nachtgewand mit. Marietta! ruft der Lord erstaunt.

Wirklich Marietta. Des Mädchens hatte sich, seit der Katastrophe in dem Hause ihrer Eltern, eine Starr-

heit bemächtigt, welche zuletzt in stillen Wahnsinn aus-
artete. Niemand hatte darauf geachtet, denn während
des letzten stürmischen Tags in Ravenna, des Ueber-
zugs nach Pisa und bei der dortigen Einrichtung hatte
Jeder genug mit sich selbst zu thun.

Der Lärm in dem oberen Theil des Palastes Lanfranchi war nun sogleich erklärt. Das Mädchen hatte
nach Mitternacht in einem halb somnambulen Zustand
ihr Zimmer verlassen, war durch das Haus gelaufen
und stolperte im oberen Theil zwischen umherliegenden
alten Möbeln herum, was natürlich mitten in der Nacht
in dem hallenden Gebäude einen beträchtlichen Lärmen
veranlaßte.

Marietta sträubte und wehrte sich gegen die, welche
sie hergeführt hatten und festhielten, und zeigte Lust,
ihre nächtliche Wanderung fortzusetzen. Der Lord befahl, sie mit Schonung zu behandeln, und wartete mit
Spannung auf den Erfolg von Tita's Expedition.

Der Gondolier war mit seiner Truppe, welche sich
wohl mit Lichtern versehen, in die schauerlichen Seitengänge eingedrungen. Sie durchstöberten dieselben lange,
ohne etwas zu finden. Endlich trat Tita, mit einem
Licht in der Hand, in eine finstere Zelle am Ende eines
Ganges, und sieh! vor ihm steht die graue, unheimliche
Gestalt in der Mönchskutte, welche vorher den Lord erschreckt hatte.

Die Gestalt huschte auf ihn zu, die Begleiter Tita's stoben mit Geschrei auseinander und Dieser selbst, allzunahe bei dem Gespenst, um entfliehen zu können, drückte sich mit einem: „Jesus Maria!" flach an die Wand, um es vorbei zu lassen. Allein der Raum war eng — zum Unglück für einen Geist, welcher, während er sich mit Anstand auch in Schlüssellöchern zu bewegen wissen sollte, nur mit gehörigem Platz auskommen kann. Die Gestalt also streifte dicht vor dem stämmigen Gondolier hin, allein da Dieser mit seinem kräftigen Körper den engen Raum halb ausfüllte, so erhielt er einen lebhaften Stoß von einem derben Ellenbogen.

Mit der körperlichen Berührung aber erwachte in Tita der Mann, sein Jesus Maria verwandelte sich in einen inhaltvollen Fluch; was stieß, konnte wieder gestoßen werden! Mit einem gewaltigen Satz war er dem Gespenst nach und umfaßte es mit zwei so sehnigen Armen, daß es weder Arm noch Bein regen konnte.

Sein frohlockender Ruf, daß er den bösen Geist gefangen und gebändigt habe, brachte seine Kameraden nach und nach zurück, und Jener wurde im Triumph vor den Lord geführt. Der Dichter ließ dem Gespenst die Kapuze abnehmen, und ein bärtiges, sonnenverbranntes Gesicht, welches allen Anwesenden unbekannt war, blickte ihm trotzig entgegen.

Er war im Begriff, einige Fragen an den Gefangenen zu richten, als ein neuer Tumult entstand.

Während Alle Tita's Gefangenen umdrängten, war Marietta außer Acht gelassen worden, und, sich frei sehend, sprang sie sogleich mit lautem Geschrei davon. Einige folgten ihr, allein es war zu spät; sie gewann einen der Seitengänge, auf welchem sie, soweit er reichte, fortstürmte. Plötzlich erscholl ein gellender Aufschrei, und dann, nach einigen Secunden athemloser, todtenstiller Pause hallte ein dumpfer, schwerer Fall aus der Tiefe empor und dröhnte durch das ganze Haus.

Die Wahnsinnige war in eines der offenen Verließe hinabgestürzt, von wo auch nur ihre Leiche wiederzugewinnen zu wollen ein eitler Wunsch gewesen wäre.

Nachdem die durch diesen tragischen Vorgang entstandene Verwirrung beruhigt war, sah man sich wieder nach dem Gespenst um, allein dieses mußte den allgemeinen Aufruhr benutzt haben, um unbemerkt zu entkommen, denn es war verschwunden und konnte durch die sorgfältigsten Nachforschungen nicht wieder ausfindig gemacht werden.

Die Gespensterfurcht im Palast Lanfranchi war durch die Vorgänge dieser Nacht beseitigt, und die Ruhe blieb von nun an ungestört.

Mylord! sagte Tita, als der Lord mit dem Grauen des Tages die Dienerschaft entließ, ich will kein Christ

sein, wenn das nicht wieder ein Streich von der grau-
haarigen Excellenza ist.

Denke was du willst, Tita, versetzte der Dichter,
allein wahre bei meinem Zorn beine Zunge gegen Jedermann!

VII.

Zwei Jahre sind verflossen, und wir finden den Dichter im Herbst des Jahres 1823 in Genua wieder.

Die Chicanen der Polizei, welche sich, klug genug, weniger gegen den unter dem Schutz einer starken Nationalität stehenden Lord als gegen die Familie Gamba richteten, trieben Diese, und in ihrem Gefolge den Dichter aus dem als constitutioneller Musterstaat gepriesenen Toscana weg. Als Vorwand für jene Chicanen dienten beständige Requisitionen des päpstlichen Hofes, welchen die Anwesenheit zweier romagnesischer Flüchtlinge unfern der Grenzen des Kirchenstaates gewaltig zu beunruhigen schien. Daß dem allem weniger die politischen Möglichkeiten als die Machinationen des in Rom einflußreichen Grafen Guiccioli zu Grunde lagen, war den Betheiligten leicht zu ersehen. Allein der eigentliche Zweck des Feindes, wie durch Zufall einen bewaffneten Zusammenstoß von Polizei und Militär mit dem Dichter und seinen Anhängern hervorzurufen,

und während deſſelben durch ein ſcheinbares Mißgeſchik
ein verhaßtes Blut zu vergießen, wollte ſich nicht erreichen
laſſen. Bei dem zur Selbſthülfe gegen offenes Unrecht
geneigten Charakter Byrons und ſeiner trotzigen Diener-
ſchaft lag dieſe Möglichkeit nahe, und es war in der
That zu mehreren Auftritten gekommen, in welchen der
Lord den augenſcheinlichſten Anſchlägen gegen ſein Leben
nur wie durch ein Wunder entging, während Einige ſeiner böswilligen Angreifer ein ſchwärzeres Schickſal er-
fuhren.

Alles dieſes trieb ihn, die Abreiſe der Familie
Gamba zu beſchleunigen und ihr auf ein neutrales
Terrain zu folgen. Allein auch dort würde er ſchwer-
lich den geſuchten Frieden gefunden haben, wenn nicht
den Urheber dieſer Verfolgungen ein ſeines Daſeins
würdiges Geſchick ereilt hätte.

Graf Guiccioli ſtand ſchon ſeit langen Jahren mit
der Signora Mammoni in Venedig in einer geheimen
und engen Geſchäftsverbindung zum Zweck von Geld-
gewinn auf dem Wege der Speculation in Papieren,
wobei denn auch ſich darbietende kleinere Gewinnſte,
beſonders Verleihung baaren Geldes gegen hohe Zinſen,
nicht von der Hand gewieſen wurden.

Es war kurz nach dem Wegzug der Gamba nach
Piemont, als ſich in Venedig ein ſchönes Geſchäft in
letzterem Sinne anbot. Ein Fremder, wie man vernahm,

von hohem Rang, war in der Lagunenstadt angekommen. Bald verbreitete sich das Gerücht, er sei ein
naher Verwandter des Hospodars der Walachei, von
unermeßlichem Reichthum, welchen die politischen Ver-
wickelungen jenes Landes ins Exil getrieben. Augenblicklicher Geldmangel schien auf ihm zu lasten, auf
einen wohlangebrachten Wink erschien ein Unterhändler
des Walachen bei der Mammoni, und goldene Berge
wurden von beiden Seiten versprochen. Die Documente,
welche der Fremde vorlegte, verscheuchten jede Besorgniß über die Identität seiner Person und seine Geld-
mittel, und so wurden demselben, gegen die beträchtlichste
Zinsennahme, bedeutende Summen vorgestreckt. Die Zeit
der Rückzahlung kam endlich heran, und der Graf erwartete mit Ungeduld die Ankunft der Signora in Rom,
welche zur Beutetheilung selbst dahin kommen wollte.

Nach mehreren Tagen vergeblichen Harrens ward
sie in einer Morgenstunde gemeldet.

Haben Sie das Geld? rief der Graf der Herein-
stürzenden entgegen.

Die Mammoni sank, ohne zu antworten, in einen
Sessel. Oder will der Prinz vielleicht noch mehr?
fragte Guiccioli weiter; meine Kasse steht zu Diensten,
das Geschäft ist sicher.

Er hat genug! stöhnte die Signora. Verloren! es

ist alles verloren! Der Prinz ist ein Betrüger! Er ist entflohen.

So war es in der That. - Ein Gauner von seltner Bedeutung hatte die Verwicklung jener Verhältnisse benutzt, um zwei Genossen seines Ordens in frecher Weise zu überlisten.

Der Graf, dem die Erwartung das Blut zu Kopf getrieben, stand von der Nachricht wie vom Blitz getroffen. Eine plötzliche Blässe überlief sein Gesicht, er schwankte, tappte mit der Rechten nach einem nebenstehenden Sessel — dann stürzte er zu Boden, der Schlag hatte ihn getroffen, er war todt.

Die Mammoni kehrte ruinirt nach Venedig zurück.

Nach diesen Ereignissen kam für den Dichter eine kurze Periode der Ruhe, und in selbstbewußtem Schaffen arbeitete er, neben dem erhabenen Gedicht „Himmel und Erde" und den „beiden Foscari", an der Vollendung der Tragödie „Werner" und seines größten Werkes: „Don Juan". Allein ihm fehlte jene innere Stille des Gemüths, welche den Dichter über den Drang der Weltbegebenheiten weg unverrückbar nach einem feststehenden Ziel blicken und Revolutionen, Eroberungen und Erscheinungen der Zeit kalt an sich vorübergehen läßt, und bald sollten sich Ereignisse finden, deren Wichtigkeit ihn schnell wieder in die Kreise des täglichen politischen Lebens zog. Zwar auf Europa lastete, seit

den völkerbeglückenden Interventionscongressen seiner Be-
herrscher, eine diplomatische Todtenstille, das Uhrwerk
der Geschichte pickte kaum noch hörbar unter den Unter-
röcken und aus den Cabinetten, als plötzlich wieder ein
Schlachtruf in das Ohr des schlaftrunkenen Europa
drang. Er kam von einer seither wenn nicht vergessenen,
doch verachteten Nation, welche, politisch und religiös
seit Jahrhunderten unterdrückt, unter der meist milden,
allein immerhin willkürlichen Herrschaft eines, soweit es
die despotische Staatsform zuläßt, civilisirten Volkes
gelebt hatte, von den Griechen. Schon 1821 hatten
sie die Fahne ihrer Nationalität erhoben, allein erst
später zogen sie die Aufmerksamkeit des Abendlandes
auf sich.

Wir müssen hier einen kurzen Blick auf die ersten
Jahre ihres Aufstandes werfen.

Es ist bekannt, in welcher Weise die durch die meisten Staaten Europa's verzweigte Gesellschaft der Hetärie die Möglichkeit einer Restauration Griechenlands
vorbereitete, ebenso wie die Pforte, kurze Zeit vor Ausbruch des Aufstandes, durch den Abfall ihres mächtig-
sten Satrapen, des Ali Pascha von Janina, in kritischer
Lage war. Noch während diese Verlegenheit dauerte,
machte die Hetärie im Frühjahr des Jahres 1821 ihre
erste offene Kundgebung, indem der von ihr gewählte
Anführer, Fürst Alexander Ypsilanti, in Verbindung

mit einem in den Donaufürstenthümern bereits erregten
Aufstand, am 6. März den Pruth überschritt und sich
ohne beträchtlichen Widerstand in Besitz der Moldau
und Walachei setzte. Diese Unternehmung scheiterte an
den vielfachsten Hindernissen, insbesondere daran, daß
Rußland, auf dessen Unterstützung Ypsilanti mit Sicher=
heit gerechnet hatte, ihn nicht allein im Stiche ließ, son=
dern sein ganzes Beginnen desavouirte und ruhig zusehend
die Entwirrung der erwachsenen Verwicklung Anderen
überließ. Die Diplomatie der heiligen Allianz bewies
damals eine so entschiedene Anhänglichkeit an das an=
gestammte Monarchenthum, daß sie, selbst einer vom
Propheten eingesetzten Regierung gegenüber, von
christlichen Aufrührern nichts wissen wollte.

Allein jener Einfall hatte einen Aufstand auf der
Halbinsel Morea wachgerufen, und ein von entsetzlichen
Thaten auf beiden Seiten begleiteter, religiöser und
Bürgerkrieg durchtobte den alten Peloponnes. Bald
erfolgten die wahnsinnigsten Wuthausbrüche des tür=
kischen Fanatismus gegen die christlichen Bewohner Kon=
stantinopels und anderer bedeutender Städte des Reichs,
allein die christlichen Mächte blieben dabei ebenso kalt,
als wenn in einem neuentdeckten Welttheil ein neuer
Pizarro die in Europa vorherrschende Religion mit
Feuer und Schwert eingeführt hätte. Statt jedoch die
Lust der Griechen zum Aufstande zu dämpfen, hatten

jene Auftritte grade den entgegengesetzten Erfolg, und schnell verbreitete sich die Insurrection sowohl über die bedeutendsten, Schifffahrt treibenden Inseln des Archipels, wie Hydra, Pfara, Spezzia, als auch über Rumelien, das ehemalige Attika, Böotien und die benachbarten Districte. Endlich erhoben sich Aufstände in Thessalien, Macedonien und in den festen Klöstern der zum Theil sehr wehrhaften, mehrere tausend Köpfe zählenden Mönche auf dem Berge Athos.

Die Kriegführung in jenen ersten Jahren des griechischen Aufstandes ist, abgesehen von der gänzlich mangelnden Humanität, fast eine homerische zu nennen, so sehr wurde damals von beiden Seiten ohne bestimmten Feldzugsplan, ohne Zusammenwirkung, ohne Berücksichtigung strategischer und tactischer Regeln gekämpft, vielmehr waren Angriff, Widerstand und Flucht meist nur die Sache persönlicher und augenblicklicher Laune. Dieser Umstand, welchen die eigenthümlichen Terrainverhältnisse des nach allen Richtungen von schroffen Hügel- und Gebirgszügen durchschnittenen, am Meere aber tausendfach eingebuchteten Landes ebenso hervorriefen als förderten, vermag es allein zu erklären, wie jahrelang ein kleiner Krieg zu Land und See mit wechselndem Vortheil herüber und hinüber geführt werden konnte, ohne daß etwas von besonderer maßgebender Entscheidung erfolgt wäre. Die Griechen hatten den

10*

Vortheil des ersten Angriffs gegen eine ganz unvorbereitete Macht für sich, welcher sie in den Besitz der meisten festen Plätze setzte, und diese leisteten, wenn die Türken von Zeit zu Zeit einen regulären Invasionskrieg begannen, fast alleinigen Widerstand. Ihre hauptsächlichste Schwäche war dagegen die beständige ränkevolle Uneinigkeit einzelner Landschaften, Truppen und Führer, von denen Jeder lieber dem Andern oder auch sich selbst den Untergang brachte, als daß er sich untergeordnet hätte. Die erste Führerschaft im Peloponnes hatte, im Auftrag der Hetärie und seines Bruders Alexander, der Fürst Demetrius Ypsilanti übernommen, allein er erwies sich alsbald für den Platz in seiner Weise ebenso untüchtig, als Jener für die Stelle eines Generalissimus des ganzen Aufstandes. Von den übrigen Führern waren die hervorragendsten Theodor Kolokotroni und Alexander Maurokordatos.

Der Erstere, ein schon lange vor der Revolution gefürchteter und bekannter Name, gehörte einem jener peloponnesischen Stämme an, welche, gestützt auf die günstige Lage einzelner Theile ihrer Halbinsel für den kleinen Gebirgskrieg, die Botmäßigkeit der Türken nie ganz anerkannt und oft mit dem Schwert in der Hand den geforderten Tribut verweigert hatten. Sein Vater war ein Opfer dieser steten Kämpfe geworden, und er selbst hatte sich genöthigt gesehen, seine Heimath auf

einige Zeit zu verlassen, während welcher er in Dien=
sten Rußlands und auf den jonischen Inseln die euro=
päische Kriegskunst kennen lernte, die er dann, mit
vortrefflichem militärischen Tact, auf die besonderen Ver=
hältnisse seines Landes anzuwenden wußte. Er galt bei
seinen Landsleuten unendlich viel, und als er in Folge
des Aufstandes nach Morea zurückkehrte, fand sich als=
bald ein beträchtliches Corps kampfgeübter Klephten un=
ter seinen Befehlen.

Neben seinen glänzenden Eigenschaften aber besaß
Kolokotroni so viel Ränkesucht und Ehrgeiz als irgend
ein Grieche, und die volle Habgier eines Räuberhaupt=
mannes, für welchen er, seiner äußeren Erscheinung nach
mit der athletischen Gestalt, dem schwarzen Haar und
Bart und dem entschiedenen, oft lärmenden und stets
leidenschaftlichen Auftreten, leicht gelten konnte.

Ein mehr staatsmännisches Talent war der gewandte,
feingebildete Maurokordatos, aus einer alten, in der Mol=
dau und Walachei von jeher gewichtvollen Phanarioten=
familie. Als 1818 der damalige Hospodar der Wa=
lachei, Karadscha, aus Bucharest nach Oesterreich flüchtete,
begleitete ihn Maurokordatos und lebte dann in Pisa.
Allein kaum hatte er die Kunde von dem griechischen
Aufstand vernommen, als er seine gesammte Habe zur
Ausrüstung einer Brigg verwandte. Mit dieser begab
er sich nach Marseille, um Waffen, Munition und eine

Anzahl gleichgesinnter Griechen, Franzosen und Italiener mitzunehmen, und traf dann, unter russischer Flagge segelnd, im August 1821 zu Missolunghi ein. Bei ihm waren Gestalt und Benehmen die des Weltmannes, er sprach mit Gewandtheit die wichtigsten Sprachen des Abendlandes, und seine historischen und politischen Kenntnisse waren bedeutend. Allein Ehrgeiz und Ränkesucht theilte er mit seinem Nebenbuhler Kolokotroni, wie mit den meisten seiner Landsleute, wenn auch diese Leidenschaften bei ihm einen höhern Schwung als bei Jenen nahmen.

Ein wichtiger Parteigänger war neben diesen drei Führern, deren ächt griechische Gesinnung keinem Zweifel unterlag, der berüchtigte Klephte Odysseus. Ein guter Zögling und Schüler Ali Pascha's von Janina, hatte er sich seit seinem zwölften Jahr der Gunst dieses mächtigen Fürsten erfreut. Die thierische Seite des Menschen war bei ihm vorzugsweise ausgebildet, und Grausamkeit, Blutdurst und Rachsucht, List, Treulosigkeit und eine wilde Tapferkeit verbanden sich, um aus ihm einen gefährlichen Feind zu machen. Sein Interesse an der Nationalsache war ein sehr geringes, und nachdem er, als Statthalter Ali's in Livadia, nach dessen Abfall von den Bürgern wegen seiner zahllosen Bedrückungen vertrieben worden und erst zu seinem Patron und dann nach Ithaka geflüchtet war, wandte er sich erst mit Ausbruch des Auf-

standes der Sache der Griechen zu, übernahm das Com-
mando im östlichen Griechenland und führte auf eigene
Faust, und meist den Eingebungen des Hasses oder der
Habsucht folgend, einen kleinen Krieg mit wechselndem
Glück. Er war derjenige unter den Führern, welcher
durch Grausamkeit, Habgier und Ungehorsam gegen die
verfassungsmäßige Regierung der griechischen Sache ungemein schadete, während seine kriegerischen Leistungen
nur theilweise von Erfolg und Wichtigkeit waren.

Obwohl Demetrius Ypsilanti als das officielle Haupt
galt, so erblickten die andern Chefs in ihm doch nur
einen glücklichen Nebenbuhler, und besonders Kolokotroni's Verhalten bewog ihn, in einem durch den Krieg aufs
äußerste bedrängten Lande den Versuch einer Ordnung-
stiftung auf parlamentarischem Wege zu machen. Er be-
rief eine Nationalversammlung, welche, in dem soge-
nannten organischen Gesetz von Epidauros, unter dem
Vorsitz von Maurokordatos und nach einer vorausge-
schickten Unabhängigkeitserklärung, eine republikanische
Verfassung annahm und erließ. Die vollziehende Gewalt ward einem Regierungsausschuß übertragen, an
dessen Spitze Maurokordatos stand, die gesetzgebende
einer Versammlung unter Ypsilanti's Vorsitz. Allein
damit war nicht viel gewonnen, denn die Verfassung
mußte natürlich in den meisten Punkten, namentlich im
legislativen, wegen mangelnder Organisation ein todter

Buchstaben bleiben, und die Peloponnesier lähmten die
Regierungsgewalt, durch die Festsetzung einer eignen Pro-
vinzialverfassung in Bezug auf ihre Halbinsel, gänzlich.
Ein Gleiches thaten dann auch die Rumelioten, bei welchen Maurokordatos und Odysseus am meisten in Ansehen standen.

Nachdem sich die Pforte von dem Stoß des ersten
Angriffs erholt, durch den Fall des Pascha von Janina
freie Hand bekommen und umfassende Rüstungen gegen
den griechischen Aufstand gemacht hatte, begann dessen
Aussicht auf Erfolg mit jedem Tag mehr zu schwinden;
denn die griechische Centralregierung vermochte, bei ihrem
beständigen Geldmangel und dem Ungehorsam ihrer Un-
tergebenen, keinen energischen und zusammenwirkenden
Widerstand zu leisten. So kam es, daß sich alle Augen
Hülfe suchend nach den christlichen Staaten Europa's
wenden mußten.

Allein dort hatten die Regierungen nach den Ereignissen in Spanien und Italien einen zu starken Abscheu
gegen alles, was wie eine Selbsthülfe des Volkes aus-
sah, um an eine Unterstützung Griechenlands nur entfernt zu denken. Der Congreß von Verona strich Griechenland aus der Reihe der existirenden Nationen, und
als Parodie hierauf erschien die Anerkennung desselben
durch den Schatten des Johanniterordens, welche mo-
ralische Person mit der griechischen Regierung ganz ernst

haft über eine Anleihe einer- und Gebietsabtretungen
andererseits verhandelte, worauf sich denn ergab, daß
der Johanniterorden ebenso wenig Geld als die griechische Regierung unbestrittenes Ländereigenthum besaß.

Die öffentliche Meinung Europa's endlich war be-
irrt durch die Wirrnisse im Innern Griechenlands selbst
und irregeleitet durch die Anschauungsweise der ganzen
Sache als einer Art von Räuberkrieg, und kehrte sich
mithin anfänglich meist gegen die kämpfenden Hellenen.
Doch diese Ansichten änderten sich im Lauf der Zeit,
und zuerst in England gaben sich jene Symptome des
Philhellenismus kund, welche sich dann mit Blitzesschnelle
über Frankreich, Deutschland, die Schweiz und Amerika
verbreiteten. Man begann mit griechenfreundlichen Ver-
sammlungen in Edinburg und London, dann folgten Geld-
sammlungen, Waffen- und Munitionssendungen und endlich
die Anleihe, welche zwei griechische Bevollmächtigte am 26.
Januar 1824 im Mansionhouse zu London mit der Firma
Longman und O'Brien abschlossen. Man contrahirte
auf 800,000 Pfund Sterling, wobei von je 100 Pfund
59 bezahlt wurden. Die Zinsen betrugen nur fünf Pro-
cent, wurden aber auf zwei Jahre hinaus zurückbehal-
ten. Dazu kam noch die Einrichtung eines jährlichen
Tilgungsfonds von 8000 Pfund, so daß, als alles fertig war, die Regierung 280,000 Pfund hatte und 800,000
schuldete, für welche alles Nationaleigenthum Griechen-

lands verpfändet wurde. Die englischen Tories blie=
ben aus Parteigründen jeder Kundgebung zu Gunsten
Griechenlands fern.

Bei Byron hatte die Sympathie für sein vielgelieb=
tes Griechenland nicht gewartet, bis dasselbe Sache der
Whigpartei in England und der Mode in Frankreich
und Deutschland geworden war. Sein Interesse daran
wuchs mit dem Licht, welches sich täglich mehr über die
dortigen Ereignisse verbreitete, mit den der alten Grie=
chenzeiten würdigen Heldenthaten eines Diakos, eines
Georg von Olympos, und als es einmal klar war, daß
die für den Untergang der Pforte zunächst interessirten
Mächte officiell nichts mit dem Aufstand der Griechen
zu thun haben wollten, trieb es ihn, wie er sagte, dem
Schwächeren im Kampfe beizuspringen.

Griechische Emissäre kamen auf ihren Reisen nach
Genua, Einer nach dem Andern, und Jeder versicherte,
Mangel an Geld und Einheit sei das einzige, was den
Sieg der Griechen verhindere. Trelawney kam und be=
stätigte diese Angaben. Mit dem Instincte des Revo=
lutionärs hatte sich Derselbe alsbald nach der Ankunft
in Toscana für die ersten Bewegungen in Griechenland
und für die Bestrebungen der Hetärie interessirt, sich
in die Reihen der letzteren aufnehmen lassen und einen
Theil der ersten Ereignisse in Griechenland miterlebt.

Jetzt kam er zurück, glühend für diese Sache, und suchte den Freund persönlich in dieselbe hereinzuziehen.

Wenn meine Anwesenheit, sagte der Dichter, den Griechen von wahrem Nutzen sein kann, zaudere ich keinen Augenblick, zu ihnen zu eilen.

Und ich keinen Augenblick, Ihnen zu folgen, rief Pietro Gamba.

Und Niemand, setzte Teresa hinzu, wird einen Versuch machen, Sie zurückzuhalten.

Der Dichter ließ sich gern von der Nothwendigkeit seiner Anwesenheit in Griechenland überzeugen, und, sobald der Plan einmal gefaßt war, schritt er mit der größten Energie zur Ausführung. Noch existirte kein Griechencomité im Abendland, noch strömten keine Philhellenen nach dem classischen Boden, noch fanden keine Sammlungen von Geld und Waffen statt, als der Lord schon bereit war, sich als einzelner Mann, mit seinem ganzen Vermögen und mit dem Schwert in der Hand, vor den Riß zu stellen und ein Beispiel zu geben, welches bei seiner Weltberühmtheit von dem entschiedensten Erfolg für die Sache sein mußte, welcher er sich hingab. Aus eignen Mitteln rüstete er im Hafen von Genua eine Brigg aus, sorgte für Bemannung, Waffen und Munition, und es war Niemand unter seiner zahlreichen Dienerschaft, der sich nicht bereit erklärt hätte, der Expedition zu folgen. Selbst Fletcher zeigte in diesem

Zustand allgemeiner Begeisterung einen beträchtlichen Todesmuth.

Es ward übereingekommen, daß sich der Lord erst einige Zeit auf die Insel Cephalonia begeben solle, um sich dort, ganz in der Nähe, durch eigene Anschauung eine Ansicht über die Verhältnisse in Griechenland zu erwerben. Die frohsten Hoffnungen einer schnellen Beendigung der Expedition begleiteten das Schiff, auf welchem Byron, Trelawney und Gamba im Juli des Jahres 1823 Genua verließen. Der Dichter schied von Teresa mit dem Gruß: „Auf baldiges, glückliches Wiedersehen!"

VIII.

Das Jahr war zu Ende, und an seinem letzten Abend verließen zwei Fahrzeuge den Hafen von Argostoli auf der Insel Cephalonia.

Ein wundervoller Himmel lag über den classischen Wogen des ägeischen Meeres. Wolkenlos, im Westen von der sinkenden Sonne mit Roth und Gold gefärbt, spiegelte ihn die tiefblaue Fluth, hier und da unterbrochen durch kleine, steilemporragende Eilande. Das vorderste der beiden Schiffe war ein Schoner. Lang und niedrig gebaut, faßte das kleine, starke Fahrzeug die günstige Brise auf, welche vom Land her in seine Segel schlug, und glitt rasch durch die Fluthen, welche seinem scharfen Kiel nur wenig Widerstand leisteten. Schwerer und langsamer bewegte sich die nachfolgende, größere Bombarde, ein stark beladenes Transportschiff mit rundem Bauch, kürzer und höher als der Schoner. Auf dem Deck des letzteren sehen wir Byron und Trelawney.

Ein Glück, Capitän, sagte der Dichter, daß Sie noch rechtzeitig eingetroffen sind, um an unserer Fahrt nach Missolunghi theilzunehmen.

Sie wurden — denn sonst wäre ich zu spät gekommen — durch widrige Winde zurückgehalten bis jetzt, und haben, wie ich höre, Ihre Zeit benutzt, um Ithaka und die Höhle des Odysseus zu besuchen.

Unter anderm auch dieses, versetzte Byron; die Zeit wurde mir lang, bis meine Boten von Corfu und Missolunghi zurückkehrten, und so kreuzte ich mit Pietro die schmale Straße, welche uns von der Insel trennte. Von deren Hauptort aus stiegen wir einen sehr beschwerlichen Weg nach den erwähnten Höhle empor, in welcher Odysseus, als ihn die Phäaken ans Gestade gebracht und schlafend hingelegt hatten, seine von ihnen empfangenen Geschenke verbarg. Weiter hinauf liegen die Ruinen eines Schlosses mit herrlicher Aussicht, zu welcher Pietro auf halsbrechenden Pfaden hinanklomm, während ich, ermüdet, in der Höhle zurückblieb. Ich fing an zu lesen, schlief aber alsbald ein, und hatte die angenehmsten Traumbilder aus den wenigen glücklichen Stunden meines Lebens. Erst die Rückkehr des Grafen weckte mich auf. Eigentlich sollte ich unter den jetzigen Umständen all den poetischen Humbug unterwegs lassen; er gehört nicht zur Sache, welcher wir ganz gehören, und ich fürchte, man wird nur zu gern und leicht die

idealistische und unpraktische Richtung des Dichters bei
mir voraussetzen, welche hier schlecht am Orte wäre.

Was Sie den Griechen mitbringen, wird sie sehr
schnell überzeugen, daß Sie wissen, auf was es bei
ihnen ankommt.

Allerdings. Ich habe vierundzwanzigtausend Dol=
lars an Bord, und Pietro etwa halb soviel, außerdem
hat er die Pferde und bedeutende Waffen= und Muni=
tionsvorräthe. Sehen Sie nur, wie die Bombarde trotz
ihrer Ladung so schön vor dem Wind hinstreicht! sie
hält fast gleichen Schritt mit uns. Wenn es so fort=
geht, sind wir morgen sicher in Missolunghi.

Ein Glück, daß die türkische Flotte in den Golf von
Lepanto zurückgekehrt ist, und die Hydrioten auf der
Rhede von Missolunghi kreuzen. Denn wenn diese
werthvollen Fahrzeuge einem türkischen Kriegsschiff in
den Weg liefen —

Das wäre allerdings schlimm, allein es ist nicht
möglich. Ich wollte Ihnen den Brief zeigen, welchen
mir Markos Bozzaris geschrieben hat am Abend, ehe
er in seinen Todeskampf ging. Sie werden daraus
sehen, daß diese Heldenseele noch im letzten Augenblick
die Ruhe des Leonidas bewahrte.

Der Lord zog ein Schreiben hervor und übergab es
Trelawney. Dieser durchlas es und wiederholte dann
wie in Begeisterung die Worte: „Der Feind bedroht

uns mit großer Uebermacht, allein mit Gottes und Eurer Excellenz Hülfe wird er einen richtigen Widerstand finden. Ich habe heute Nacht etwas gegen eine Abtheilung von sechs- bis siebentausend Albanesen zu thun, welche dicht vor diesem Platz liegen. Uebermorgen will ich dann mit wenig auserlesenen Gefährten Eurer Excellenz entgegengehen. Zögern Sie nicht! Ich danke Ihnen für die gute Meinung, welche Sie von meinen Mitbürgern haben und hoffentlich nicht unbegründet finden werden, und noch mehr danke ich Ihnen für die Mühe, welche Sie sich um dieselben geben wollten."

Der Capitän gab den Brief zurück und blickte schweigend nach dem andern Schiff hinüber. Die Bombarde fing an, etwas hinter dem Schoner zurückzubleiben, war aber immer noch nahe genug, daß man die Personen auf ihrem Verdeck, darunter den jungen Grafen Gamba, unterscheiden und einen Ruf von ihr herüber vernehmen konnte.

Wie nun die Schiffe an dem reizenden Abend mit günstigem Wind so schnell über die Fluth dahinflogen, fand sich das Schiffsvolk auf dem Deck zusammen, und von dem Schoner wie von dem Transportschiff schollen abwechselnd patriotische Gesänge im Chor über das Wasser hin. Hier und da klang ein einzelner grüßender Ruf herüber und hinüber.

Die Sonne war zwar versunken, allein es wurde bei dem hellen Sternenlicht doch nicht ganz dunkel auf dem Meer, und der schwarze unförmliche Rumpf der Bombarde blieb trotz der immer zunehmenden Entfernung lange sichtbar, während der Ton der Stimmen bald nur noch schwach und endlich gar nicht mehr vernommen werden konnte. Nun begann eine andere Art der Begrüßung; der Lord feuerte ein Pistol ab und gleich darauf leuchtete und knallte ein Schuß in der Entfernung, eine Rakete mit blauem Licht folgte, und alsbald zischte auch vom Bord des Schoners eine solche empor. Allein auch die Feuerzeichen wurden immer schwächer, und nachdem im Anfang Schüsse und Raketen schnell auf einander gewechselt hatten, seltener, und mit Mitternacht hatte man auf dem Schoner die Bombarde aus dem Gesicht verloren.

Das kleine Fahrzeug sprang immer noch munter und lebendig über die Wellen, allein das vorher so lebhafte Treiben auf seinem Verdeck war erstorben, denn mit vorschreitender Nacht machte sich die Winterkälte bemerkbar. Nur die dunklen Gestalten des Steuermanns und der Schiffswachen auf ihren Posten waren sichtbar.

Endlich graute im Osten der Tag auf, und kaum fing die Fluth an, in matten Lichtern zu glänzen, als auch der Ruf des Matrosen im Mastkorb ein Fahrzeug in Sicht verkündete. Schnell war der ganze Schoner lebendig; Byron und Trelawney, welche angekleidet in der Cajüte des Capitäns geblieben waren, eilten auf das Verdeck.

Das wahrgenommene Schiff, dessen Form nur noch dunkel zu erkennen war, zeigte einen beträchtlichen Umfang. Die Bombarde konnte es nicht sein. Es verfolgte, in ganz geringer Entfernung von dem Schoner, fast dieselbe Richtung wie dieser und kam sichtlich vor dem Wind ebenso schnell voran.

Es muß eins der hybriotischen Fahrzeuge sein. Maurokordatos wird es uns entgegengeschickt haben, meinte der Lord.

Ich glaube nicht, versetzte Trelawney, die Hybrioten haben keine so großen Fahrzeuge.

Der Capitän, welcher neben den beiden Engländern stand, stieß einen Fluch aus. Ich will nicht selig werden, rief er, wenn das Fahrzeug nicht ein Türke ist.

An Bord des fremden Schiffes war es, seitdem der Schoner sichtbar, ebenfalls lebhaft geworden.

Still! rief jetzt plötzlich der griechische Capitän, alle Hände vom Deck; treten Sie hinter diese Seite des Castells, meine Herren! es ist eine türkische Fregatte!

So war es in der That. Zu dem türkischen Geschwader gehörig, welches noch vor kurzem Missolunghi blokirte, blieb die Fregatte, als die Flotte nach dem Golf von Lepanto ging, auf der Höhe des erstern Platzes zurück, um dort zu kreuzen. In der Nacht hatte sie die Signale, welche zwischen dem Schoner und der Bombarde gewechselt wurden, bemerkt und, um den Grund derselben zu erkunden, nach dieser Richtung gekreuzt. Jetzt traf sie, kurz vor Tagesanbruch, grade auf den Schoner.

Ihre Flagge rauschte am Mast herauf, ein Signalschuß donnerte herüber, und das Zeichen zum Anhalten wurde gegeben. Allein am Bord des Schoners rührte sich keine Hand, Niemand war auf seinem Verdeck sichtbar, er verfolgte ruhig seine seitherige Bahn. Die Fregatte zog nun mehr Segel auf, drehte etwas nach dem Schoner herüber und begann, Jagd auf das kleine Schiff zu machen. Trotz dessen Segeltüchtigkeit und schneller und gewandter Bewegung gewann die Fregatte alsbald Raum, und stand daran, in Schußweite zu kommen. Häufiges Geschrei der Türken und die Aufforderung zur Uebergabe scholl jetzt herüber.

Unterdessen wurde es Tag, und die Fregatte erreichte nach kurzer Jagd den Schoner bis auf Schußweite. Die Lage desselben war kritisch, denn an Widerstand gegen das Kriegsschiff war gar nicht, und an Flucht vor dem besseren Segel kaum zu denken. Allein die Fregatte feuerte nicht, und auf dem Schoner blieb es immer noch so todtenstill wie vorher.

11*

Wir sind gerettet, sagte nun der Capitän zu den beiden Engländern, die Fregatte schießt nicht.

Und warum nicht? fragten Diese.

Sie hält uns für einen Brander und wagt es darum nicht.

Darum mußte sich Alles so still verhalten? sagte Byron. Vortrefflich, Capitän! Ihr Griechen seid gute Seeleute. Aber sie läuft besser und wird uns bald so nahe kommen, daß sie ihren Irrthum erkennen muß.

Fürchten Sie nichts!

Der Capitän deutete vom Sternbord, auf dessen Seite die Fregatte herkam, nach der Backbordseite hinüber. Das Meer brauste und brandete dort an einigen Stellen ganz gewaltig empor, verborgene Klippen verkündend. Hier und da ragte auch ein einzelner scharfkantiger Fels mit kahlem Haupt über den Wogenschaum, der ihn beständig netzte. An einzelnen Stellen zeigte das Wasser durch seine Ruhe tiefere, freie Plätze in dem Klippenlabyrinth an.

Kaum war der Schoner in der Nähe dieses Platzes angekommen, als plötzlich die Todtenstille von dem kleinen Fahrzeug wich, die Mannschaft stürzte aufs Verdeck und auf die Masten, der Capitän donnerte in sein Sprachrohr, im nächsten Augenblick hatte sich das Schiff halb gedreht und schoß pfeilschnell durch eine enge Einfahrt mitten in das enge Klippengewirre hinein, wohin der Türke, bei seinem größeren, tiefergehenden Rumpf, nicht folgen konnte. Die Mannschaft des Schoners jauchzte laut auf ob der gelungenen List.

Der Capitän der Fregatte erkannte zu spät seinen Irrthum, denn nachdem er sich aus seiner Verblüffung über die plötzliche Demaskirung des Schoners erholt hatte und zu feuern befahl, konnten die Kugeln seines schwersten Geschützes nur noch die Einfahrt zwischen den Felsen erreichen, durch welche der vermeintliche Brander soeben glücklich hindurchgeglitten war.

Die Gefahr ist aber noch nicht vorbei, sagte nun der Capitän des Schoners zu dem Lord, denn wenn wir in dem Bassin hier liegen bleiben, schickt uns der Türke einige bewaffnete Boote auf den Hals, welche uns mit leichter Mühe entern werden. Wir müssen also suchen, den Ausgang auf der andern Seite zu gewinnen, und zwar schnell, denn sonst umsegelt der Türke die Riffe und ist gleich wieder hinter uns her. Unser ganzes Heil beruht in dem Vorsprung, den wir durch diesen seinen Umweg vor ihm haben, denn wir können dadurch den kleinen Hafen von Dragomestri gewinnen, wo wir vor ihm sicher sind.

Die Fregatte hatte allerdings schon Miene gemacht, Boote auszusetzen; als man jedoch sah, daß der Schoner seine Fahrt in den Klippen fortsetzen wolle, zog sie dieselben wieder ein und schien abwarten zu wollen, wie

sich der Grieche seiner gefährlichen Aufgabe jener Durch-
fahrt entledigen werde.

Rasch und sicher flog das kleine Schiff in den Felsen-
gewinden hin und wand sich oft auf eine Entfernung von
wenigen Fußen an scharfen Kanten vorbei, welche es
bei jedem Anstoß unfehlbar hätten zerschmettern müssen.
Bald war die Gefahr überwunden, und die Mannschaft
jubelte laut, als das wackere Fahrzeug wieder über die
offene Fluth hinschoß. Die Fregatte machte keinen Versuch, die Flüchtigen weiter zu verfolgen, sondern fing,
nachdem sie einige Zeit vor den Felsen gelegen, an, rückwärts zu kreuzen, grade der Bombarbe entgegen, welche
ihr so unmittelbar in den Rachen laufen mußte.

Die Gefahr für den Schoner war vorbei, allein er
mußte, durch widrigen Wind am Auslaufen verhindert,
einige Tage in Dragomestri liegen bleiben. Die Angst
des Lords um seine Begleiter auf der Bombarbe war
bei der barbarischen Art der Kriegführung zwischen
Griechen und Türken nicht gering.

Endlich zeigte sich eines Morgens ein Segel vor der
Bucht, einige schlanke Masten stiegen empor, ein langer,
schmaler, scharfgeschnittener Schiffsrumpf folgte; es war
unverkennbar eins der kleinen griechischen Kriegsfahr-
zeuge, und der Capitän erkannte es als die spezziotische
Brigg Leonidas. Einige dunkle Flecken auf dem Meer
in der Nähe der Brigg wurden durch das Fernrohr

als Kanonenboote erkannt. Dieses kleine Geschwader
war in Erwartung der Ankunft des Lords von Missolunghi ausgelaufen und näherte sich nun auf die Signale des Schoners dem Hafen von Dragomestri.

Der Wind drehte sich an diesem Tage etwas, der
Schoner lief aus und vereinigte sich mit der Flotille,
um in der Richtung von Missolunghi davonzugehen.
Allein immer neue Gefahr drohte, denn kaum hatten
die Schiffe ihren Curs genommen, als der Wind plötzlich umsetzte und so heftig landwärts blies, daß die
leichten Fahrzeuge nach der nahen Felsenküste hingewor-
fen wurden. Die Brigg und die Kanonenboote waren
in geringerer Gefahr, denn schon weiter in der See
hatten sie noch Raum, von einer vorspringenden Felsen-
ecke abzudrehen und dann durch Kreuzen wieder freies
Fahrwasser zu gewinnen. Der Schoner dagegen trieb
dicht an die Felsen hin, wurde von der gewaltigen
Brandung wie ein Ball hin- und hergeschleudert und
lief jeden Augenblick Gefahr, an die Riffe gerissen und
zerschellt zu werden.

Der Capitän, welcher sich in der Verlegenheit mit
der türkischen Fregatte so sinnreich erwiesen hatte, schien
hier gänzlich den Kopf verloren zu haben. Er rannte
auf dem Verdeck hin und her, fluchte und betete durch
einander und gab die widersprechendsten Befehle, während das Schiffsvolk nicht mindere Angst und Verwir-

rung zeigte. Von allen Seiten hörte man Anrufungen des heiligen Dionysius von Zante, der Madonna vom Felsen bei Cephalonia und anderer Heiligen, allein keine Hand rührte sich an Segeln und Stangen, und das Schiff wäre ohne die Kaltblütigkeit der Engländer unfehlbar verloren gewesen. Allein Diese, Beide schiffs- und seekundig, hielten sich im Augenblick der Gefahr auf dem Verdeck, und brachten durch Bitten und Drohungen das Schiffsvolk dahin, daß es von seinen Heiligen abließ und ihre nothwendigsten Anordnungen befolgte.

Nur Einer der Matrosen, ein alter Schiffer von Cephalonia, ließ sich nicht irre machen. Er blieb auf dem Vorderdeck liegen und machte der Madonna vom Felsen für den Fall seiner Rettung eine Verheißung über die andere. Sein Sohn, ein bildschöner Junge von etwa dreizehn Jahren, kauerte neben ihm und begleitete seine Anrufungen durch ein klägliches Geschrei.

Heilige Madonna! rief der Alte, rette uns, und vor deinem Altar soll eine Kerze brennen, so dick wie mein Arm und so lang wie ein Fregattenbugspriet!

Eine gewaltige Welle, welche das leichte Schiffchen hoch emporgeworfen hatte, war die Veranlassung zu dieser Verheißung gewesen, allein jetzt sauste der Schoner, trotz der Kerze, von dem Wellenthurm herab in eine dunkle schäumende Schlucht, ein Knirschen wie auf

scharfem Stein, ein harter Stoß erfolgten und verkün=
deten, daß das Schiff auf eine Klippe gerannt war.

Heilige Madonna! schrie der Matrose wieder und
fiel mit dem Gesicht auf die Planken, während eine ge=
waltige Welle ihn und das ganze Vordertheil des
Schoners überwusch, rette mich, und ich weihe dir eine
Kerze, so dick wie mein Leib und so hoch wie ein Mast=
baum!

Aber Vater, sagte der Junge, in seinem Wehgeheul
plötzlich einhaltend und sich halb emporrichtend, so große
Kerzen gibt es ja gar nicht.

Halt's Maul, dummer Junge! raunte ihm der
Alte halblaut zu; wenn wir glücklich am Land sind,
mag sie sehen, wo sie ihre Kerzen herkriegt!

Die Mastbaumkerze schien der armen, wie so man=
ches andere Frauenzimmer durch leere Versprechungen
getäuschten Madonna einzuleuchten, denn das Schiff
hob sich nach dem Stoß, den sein starker Kiel mit einem
bedenklichen Stöhnen und einem, den ganzen Bau durch=
zitternden Ruck hingenommen hatte, mit der nächsten
Welle von dem Felsen wieder empor und glitt eine
Strecke weiter.

In dem kritischen Moment des Stoßes stürzten zwei
Gestalten aus dem untern Raum auf das Verdeck her=
auf und nach dem Lord hin. Der Vorderste, ein hübsches,

schlankes Bürschchen, war ein Grieche, welchen der Lord kurz vor seiner Abfahrt in Dienst genommen hatte, der Andere ein junger Mann mit einem rothen Gesicht und in schwarzem Anzug, ein italienischer Arzt, Doctor Bruno, der sich freiwillig der Expedition nach Griechenland anschloß.

Sei ruhig, Luca! sagte der Dichter zu dem Knaben, der vor ihm niedergestürzt war und seine Kniee umfaßt hatte, sei ruhig; wenn das Schiff scheitert, werde ich dich retten.

Ihn retten! Mylord! schrie der Doctor, Byron am Arm erfassend, und warum mich nicht? Retten Sie mich doch zuerst! mich! alle Wetter! ich will zuerst gerettet sein, wenn überhaupt hier Jemand gerettet werden kann.

Allerdings kann es das, Doctor! sagte der Lord kaltblütig, und wenn Ihnen so viel darauf ankommt, werde ich euch Beide zugleich retten.

Ein zweiter stärkerer Stoß erschütterte das Schiff, das Knirschen des Kiels auf dem Felsen, ein entsetzlicher, Mark und Bein zerschneidender Ton wiederholte sich stärker als vorher, und das Schiff drehte sich mit der Spitze so nah nach dem Lande hin, daß das Bugspriet über einen Felsenabsatz des steil aufsteigenden Ufers hinüberragte.

Im Nu war der alte Matrose auf dem Vorderdeck aufgesprungen, lief, sein Junge hinter ihm, mit der

Geschwindigkeit eines Eichhörnchens an dem Bugspriet hinauf, und von dort gelangten sie mit einem leichten Sprung ans Land, worauf sie sogleich mit lautem Freudengeschrei an den Felsen weiter hinauf stiegen. Einige von der Mannschaft auf dem Vordertheil kletterten nach, und die Uebrigen machten Miene, diesem Beispiel zu folgen. Allein mit zwei Sätzen war Trelawney auf dem Vorderdeck des Schoners, und ein Pistol hervorziehend drohte er den Ersten, der die Flucht versuche, niederzuschießen. Das wirkte, und nun ertheilte er den Matrosen, welche an die Arbeit zurückkehrten, wieder seine Befehle.

Das wackere Schiff hielt auch den zweiten Stoß aus. Zwar schallte gleich nach demselben der Schreckensruf: Ein Leck! ein Leck! aus dem Schiffsraum, allein die Verletzung ergab sich bei näherer Untersuchung nur als gering und konnte leicht ausgebessert werden.

Der Wind ließ nun etwas nach, es gelang, den Schoner vom Land ab und in seinen früheren Curs zu bringen, und Steuer und Segel halfen ihm von den Riffen hinweg, worauf ohne weitere Gefahr das freie Meer gewonnen wurde.

Die weitere Fahrt ging glücklich von Statten, und mit einbrechender Nacht gelangte die Flottille auf die

Rhede von Missolunghi. Da das Einlaufen in der Nacht nicht thunlich war, so blieben die Schiffe draußen liegen, und in der Stadt verbreitete sich indeß die Kunde von der Ankunft des langersehnten Gastes.

IX.

Der Tag graute kaum, als am nächsten Morgen auch schon die ganze Stadt lebendig war. Die Forts der Festung hatten die Fahnen, die Schiffe im Hafen die Flaggen aufgezogen, am Ufer wogte ein buntes Gewühl durcheinander.

Besonders vertrauenerweckend sah die versammelte Masse freilich nicht aus, denn es waren kräftige, bärtige und kriegerische Gestalten, welche sich mischten; hier stand eine Gruppe Matrosen, dort ein Trupp Soldaten beisammen, an anderen Punkten sammelten sich die Bürger der Stadt, Jedermann war bewaffnet.

Es schien, als ob nur die Erwartung der Ankommenden es sei, was diese einzelnen Bestandtheile der gährenden Masse abhielte, sich in keineswegs freundlicher Weise zu mischen, denn feindliche Blicke, Gebehrden und Worte wurden vielfach gewechselt. Die Matrosen und Soldaten, lange schon ohne Sold und des unthätigen Lebens auf den Schiffen und in der Festung müde,

schmähten auf einander aus Eifersucht und auf die Bürger, weil sie ihnen nicht zu helfen vermochten, und Diese,
des Schutzes der ungebetenen Gäste überdrüssig, wünsch-
ten sie zu allen Teufeln. Wochenlang schon waren diese
drei widerstreitenden Elemente durch die Verheißung
fremder Hülfe vom Aufruhr und Zusammenstoß abge-
halten worden, und mit der Aussicht auf die Ankunft
des fremden Dichters mit dem englischen Golde waren
die Bürger von den Behörden, die Soldaten von ihren
Führern, die Matrosen von den Capitäns vertröstet worden. Nun endlich war der Augenblick gekommen, und
Jeder stand da, gespannt mit den Fragen: Wann kommt
er ans Land? Wie wird er aussehen? Was wird er
reden? Was thun? Wieviel Geld wird er mitbringen?
und: Wer wird es zuerst bekommen?

Mit Tagesanbruch wurde es auch auf dem Schoner lebhaft; er lief in die Bucht ein und man bereitete
sich zur Ausschiffung vor. Byron und Trelawney kamen auf das Deck und blickten nach der Stadt und auf
die Rhede. Ha! Capitän! rief mit einemmal der Dichter, was ist das? Sehen Sie hin!

Trelawney sah sich um und ein Ruf des Erstaunens
entschlüpfte auch ihm. Denn grade vor der Spitze des
Schoners, kaum eine Schiffslänge entfernt, sahen sie klar
und deutlich im Morgenlicht die Bombarde, wie sie mit
aufgezogener Flagge munter und wohlgemuth vor ihrem

Anker ritt. Jetzt scholl auch ein grüßender Ruf vom Ufer herüber, ein kleines Boot stieß ab, Pietro Gamba stand darin und winkte mit einem weißen Tuch seinen Willkomm. Einen Augenblick darauf war er an Bord und in den Armen der Freunde.

Nun, Pietro, rief der Lord, nachdem die ersten Freudenbezeugungen vorüber waren, erzählen Sie, wie Sie der türkischen Fregatte entkommen sind.

Wir sind ihr nicht entkommen, sondern gefangen worden.

Wie! und nicht gepfählt? nicht geröstet?

Keins von beiden.

Und das Geld?

Ist in Sicherheit.

Und die Munition und meine Pferde?

Sind schon seit gestern am Land. Hören Sie, wie es zuging. Der Türke lief grade auf uns drein; von Entkommen und Fechten konnte keine Rede sein. Wir zogen zwar die jonische Flagge auf, allein was konnte uns das helfen? Wir mußten an Bord der Fregatte, unsere Papiere wurden untersucht, und da wir nach denselben nach Kalamos bestimmt waren, welche Insel wir aber schon lange passirt hatten, so nannte uns der Türke sogleich gute Prise. Seine Leute machten Miene, mit den Yagatans über uns herzufallen, und der Moment war sehr kritisch, denn in diesem Krieg giebt man sich, wie Sie wissen, mit Gefangennehmen nicht viel ab. Plötzlich aber faßt der Fregattencapitän den unsrigen ins Auge, heißt seine Leute stillestehen wie eine Mauer, stürzt auf Jenen los und umarmt ihn mit den Worten: Marko! mein Marko! bist du es denn wirklich, mein Lebensretter! — Glücklicherweise war er es wirklich. Marko hatte einmal bei irgend welcher Gelegenheit Jenem auf dem schwarzen Meer das Leben gerettet, und wie nun die Türken überhaupt in Handel und Wandel richtige und reelle Leute sind, so wollte auch Dieser seine Dankbarkeit nicht schuldig bleiben. Er erklärte zwar, uns mit nach Patras nehmen und vor Yussuf Pascha bringen zu müssen, allein er behandelte uns unterwegs mit größter Artigkeit und stellte dem Pascha unsere Angelegenheit in einem so günstigen Lichte dar, daß Dieser uns nach der besten Aufnahme unbeschädigt entließ. So kamen wir noch einen Tag vor Ihnen an und waren natürlich äußerst erschrocken, den Schoner nicht im Hafen zu finden.

Allein wie war es nur möglich, daß sich der Türke so in den Bereich der griechischen Flotte wagte?

Und wo ist diese Flotte denn eigentlich? ergänzte Trelawney die Frage.

Leider, versetzte Gamba, werden wir die türkische Blokade bald wieder vor dem Hafen haben, von welcher uns die hydriotischen und speziotischen Fahrzeuge befreit hatten; denn die neun Hydriotenbriggs sind schon vor mehreren Tagen wieder abgesegelt, weil man nicht im Stande war, ihnen die für ihre Anwesenheit versprochenen Summen zu bezahlen. Die Türken bekamen sogleich Wind davon und liefen wieder aus. Alles, was wir jetzt noch haben, sind die fünf Briggs der Spezzioten, welche Sie hier im Hafen liegen sehen, und auch sie haben gedroht, uns den Tag nach Ihrer Ankunft zu verlassen, wenn dann die Auszahlung nicht erfolge.

Schöne Patrioten!

Sie rechnen der Regierung das an, was sie, wenn sie Handel treiben würden, in der Zeit gewonnen hätten, während welcher sie mit Kriegsschiffen den Hafen von Missolunghi schützen.

Und dazu rechnet man auf unser Geld?

Auf was sonst? Die einzig wirklich begründete Hoffnung, welche die griechischen Patrioten in ihrer verzweifelten Lage noch haben, ist die auf die Unterstützung der Philhellenen.

Ist Oberst Stanhope in der Festung?

Er ist. Allein es wird Zeit sein, daß wir landen, denn, wie ich sehe, sind die Vorbereitungen für Ihren Empfang vollendet.

Militärische Musik tönte nun vom Ufer herüber, oft durch lautes Freudengeschrei unterbrochen. In feierlichem Zug bewegten sich die städtischen und Militärbehörden, mit

dem Fürsten Maurokordatos und dem Philhellenen Oberst
Stanhope an der Spitze, nach dem Landungsplatz, eine
ansehnliche Truppenmacht folgte ihnen mit vielem Ge-
präng in Waffen und Kleidern, allein nicht in der besten militärischen Ordnung, und stellte sich den Strand
entlang auf.

Als das Boot des Lords von dem Schoner abstieß,
feuerten die Forts und die Kriegsschiffe im Hafen ihre Be-
grüßungsschüsse ab, ein einstimmiges Freudengeschrei der
am Ufer versammelten Truppen und Bürger erhob sich und
wurde wiederholt, als das Boot anlegte. Der Lord stieg
aus, der Fürst und Stanhope eilten ihm entgegen, man
begrüßte sich, und dann geleiteten die Beiden in ihrer
Mitte den Ankömmling in feierlichem Zuge und allenthalben von dem Jubelgeschrei des Volkes, von Musik
und wehenden Fahnen begrüßt, nach dem Hause, welches zu seinem Empfang schon lange vorher eingerich-
tet worden war.

Der Lord hatte gehofft, wenigstens für die erste Zeit
seiner Ankunft in der Festung einige Stunden der so
lang entbehrten Ruhe haben zu können; allein sie ward
ihm nicht vergönnt, denn Wer etwas von ihm wollte,
und das war so ziemlich Jedermann, suchte der Erste
bei ihm zu sein, und während der Eine Geld, der Andere einen Platz verlangte, suchten ihn die anwesenden
Vertreter aller Parteien auf ihre Seite zu ziehen, so

daß selbst der tactvolle Maurokorbatos es nicht für rath-
sam hielt, den Lord auch nur einen Augenblick unter
fremdem Einfluß zu lassen. Der Fürst stand grade an
der Spitze des westlichen Griechenlands und waltete in
dessen Districten ziemlich unbeschränkt.

Am lärmendsten von Allen benahmen sich die Führer der Sulioten. Diese rauhen und tapferen Krieger
waren, nach langjährigem Kampf, von Ali Pascha durch
Gewalt und Bestechung endlich bezwungen worden, bis
Dieser, in seiner späteren Bedrängniß, sie zu seinen Bundesgenossen machte, indem er ihnen die entrissenen Festen
ihrer Heimathberge wieder überließ. Nach seinem Fall,
welchen ihre Unterstützung nicht zu hindern vermochte,
wurden sie von seinem Ueberwinder, Churschid Pascha,
bedrängt; allein Dieser sah sich durch ihren hartnäcki-
gen Widerstand genöthigt, ihnen freien Abzug nach einer
der griechischen Inseln zu gestatten. Bald hier, bald
dort traten sie nun in dem Unabhängigkeitskrieg auf,
immer tapfer, selten zuverlässig, ein grausames, hab-
gieriges Gebirgsvolk, welches, jetzt in Missolunghi befind-
lich, durch seine ewigen Geldforderungen die Regierung
in stündliche Verlegenheiten setzte.

Byron mußte dem ersten Anlauf so vieler Schwie-
rigkeiten mit Tact und Geistesgegenwart zu trotzen;
die Parteihäupter entließ er mit der Versicherung, daß
er, keiner Partei angehörig, die Wiederherstellung Grie-

12*

chenlands zum alleinigen Zweck habe, die dringendsten
Geldbedürfnisse wurden befriedigt, und die Sulioten beruhigte er dadurch, daß er sie als ein besonderes Corps
in seinen eignen Dienst und Sold nahm und reichlich
bezahlte.

Dann wurde zur Anordnung des Nöthigsten geschrit-
ten, um die Festung gegen die bevorstehenden Angriffe
der Türken zu schützen. Die spezziotischen Briggs erhielten eine Summe, für welche sie sich verpflichteten,
den Hafen wenigstens zwei Monate lang gegen die
Blokade zu schützen. Die Festungswerke an der Land-
seite, welche sich in einem erbärmlichen Zustand befanden, an dessen Verbesserung Niemand gedacht hatte, wurden in Vertheidigungszustand gesetzt, und als gar am
folgenden Tage der von dem Londoner Comité abge-
schickte Ingenieur Parry mit einer trefflichen Ausrüstung für die Einrichtung von Werkstätten eintraf,
war der Jubel grenzenlos. In aller Stille betrieb nun
der Lord mit Maurokorbatos einen Plan, dessen Ge-
lingen sowohl der griechischen Sache als auch dem Hel-
denruhm des Dichters den größten Vorschub leisten
sollte — es war ein beabsichtigter Ueberfall des nahen
Lepanto, bei welchem Byron an der Spitze seiner Sulioten den obersten Befehl zu führen hatte.

———————

X.

Unter diesen Vorbereitungen kam mit dem 22. Januar der Geburtstag des Dichters heran. Stanhope, Gamba und Trelawney waren gekommen, um ihn zu beglückwünschen.

Meine Verhältnisse haben sich gebessert, scherzte der Lord; früher war ich nur ein einfacher Dichter und schrieb noch vor vier Jahren an meinem Geburtstag in meine Memoranda die Worte:

> Durch des Lebens Pfade, schweißig,
> Schleppt' ich mich bis dreiunddreißig,
> Und was brachte mir die Qual?
> Nichts als dieser Jahre Zahl.

Heute bin ich etwas mehr, nämlich Archistrategos in der griechischen Armee.

Vortrefflich! sagte Stanhope, allein haben Sie, theuerster Freund, jetzt endlich erwogen, worauf es eigentlich hier ankommt? Doch wahrlich nicht auf die Wechselfälle dieses kleinen Kriegs, welche jeden Tag andere

sind, sondern auf die Verwirklichung der trefflichen Principien, auf welche die griechische Verfassung gebaut ist!
Leider predige ich damit tauben Ohren. Warum bilden
sie ihre Institutionen nicht aus? Warum machen sie
keinen Gebrauch von ihrer freien Presse? Warum werden keine Schwurgerichte gebildet? Warum nimmt man
sich kein Beispiel —

Aber, Oberst! fiel Trelawney heftig ein, was soll
denn den Griechen eine freie Presse und ein Schwurge-
richt helfen, wenn sie tagtäglich im Felde liegen? Kann
man dort Leitartikel lesen oder Meetings halten? Geben Sie uns schweres Geschütz und Munition —

Lieber Capitän, unterbrach Stanhope, Sie sehen das
in Ihrer Weise, allein wir wollen die allgemeinen Ge-
sichtspunkte nicht aus den Augen verlieren. Nehmen
Sie nun auch an, daß wir das türkische Joch gänzlich
abschütteln, was wollen Sie denn mit diesem politisch
ungebildeten Volk anfangen? Erziehen Sie es, bilden
Sie es, gehen Sie den organischen Weg mit ihm, sonst,
behaupte ich, wird es nicht frei bleiben können!

Ehe es frei bleiben kann, rief Trelawney, muß
es erst frei sein, und auf Ihrem organischen Weg wird
es in den ersten hundert Jahren nicht frei werden.
Wenn die Türken unsere Festungen haben, werden Sie
auch mit der freien Presse und mit den Schwurgerichten
fertig werden.

Ereifern wir uns nicht, lieber Capitän, versetzte Stanhope mit unerschütterlicher Ruhe; Sie werden mir doch den Bentham nicht wegdemonstriren können und die liberalen Principien, ohne die kein Staat auf die Dauer bestehen kann. Sehen Sie übrigens hier das erste Product unserer freien Presse, die von dem Schweizer Meier redigirte „Griechische Chronik", welcher bald noch ein anderes Journal in englischer, italienischer und französischer Sprache, „der griechische Telegraph", folgen wird.

Ich prophezeie Ihren papiernen Mauerbrechern da ein kurzes irdisches Dasein, sagte Trelawney ärgerlich und ging aus dem Zimmer.

Ich fürchte fast, wir haben die Rollen vertauscht, Oberst, sagte der Dichter lächelnd, indem Sie die Feder führen, ich das Schwert. Sie meinten auch schon gestern, es sei Schade, daß ich jetzt gar nicht mehr dichte. Daß man aber das nicht so ganz lassen kann, davon will ich Ihnen den Beweis liefern in diesen Zeilen hier, die sich mir fast wider Willen aufgezwungen haben. Lesen Sie!

> Zeit ist's, mein Herz, zu schweigen nun,
> Seit kalt die Welt für dich geblieben,
> Doch mag auch Liebe zu mir ruhn,
> Will ich doch lieben.

> Des Lebens Herbst kam mir herbei,
> Der Liebe Blüthen, Früchte weichen,

Und Kummer nur und Schmerz und Reu'
Sind nun mein eigen.

Das Feuer meines Busens brennt
Einsam wie ein Vulkan im Meere —
Ein Scheiterhaufen — Niemand kennt
Es in der Leere.

Furcht, Hoffnung, Eifersucht, das Hoch=
Gefühl der Lieb' und ihre Leiden
Darf ich nicht theilen mehr, und doch
Kann ich's nicht meiden.

Allein nicht so, nicht hier, nicht jetzt
Paßt es, daß sich solch Sinnen findet,
Wo Ruhm des Helden Grabstein setzt
Und Kränze windet.

Ich sehe Fahne, Schwert und Feld
Um mich, den Ruhm, das Land der Griechen,
Der Sparter, auf den Schild gefällt,
Ist neu erstiegen.

Wach' auf! (nicht Hellas — du bist wach!)
Wach' auf, mein Geist! denk', wem entsprossen
Du bist, dem Vorbild strebe nach
Der Stammgenossen!

Ermanne dich, zertritt in Staub
Der Leidenschaften niedres Streben,
Sei für der Reize Flüstern taub,
Die dich umschweben!

Reut dich die Jugendzeit, so stirb!
Ein Ehrentod ist hier im Lande
Bereit; auf, in das Feld! erwirb
Im Schlachtgewande

Den oft gefundnen, schwarzen Schatz:
Ein Kriegergrab, für dich das Beste!
Blick' um dich, wähle deinen Platz,
Die letzte Feste!

Der Oberst hatte diese Verse laut gelesen, und er und Gamba wandten sich mit unverhohlener Rührung an den Dichter, um ihm für diese Mittheilung seines Herzensergusses zu danken.

Durch die angestrengten Bemühungen des Ingenieurs Parry war zur festgesetzten Zeit Alles für die Expedition nach Lepanto fertig. Graf Gamba sollte mit einer Vorhut abgehen, welcher Byron mit dem Hauptcorps etwas später folgen wollte.

Gamba hatte sich schon bei Byron und Maurokordatos, welcher sich bei dem Lord befand, verabschiedet.

Es ist ein Wunder, sagte der Fürst, und nur Ihrem Einfluß zu verdanken, daß ein wichtiges Unternehmen bei uns einmal ohne Streit und Zwietracht abgeht. Allein glauben Sie, es wäre möglich gewesen, den Verräther Odysseus bei dem Unternehmen zu Hülfe zu ziehen, ohne es durch seine Quertreibereien zu vereiteln? Er führt, wie mein Freund Kolokotroni in Morea, seinen Raub- und Beutekrieg, wie es ihm gerade einfällt, im östlichen Griechenland. — Doch horch! — was war das?

Ein entfernter Tumult von verworrenen Stimmen,

mit Waffenklirren dazwischen, war vernehmbar. Gleich darauf stürzte Pietro Gamba athemlos, bleich und vor Zorn bebend, ins Zimmer. Was ist? Was giebt's? riefen ihm die beiden Anderen entgegen.

Die Hunde! die Schurken! rief der junge Graf, ganz außer sich. Die Sulioten weigern sich, zu marschiren.

Dacht' ich's doch! fiel Maurokordatos mit einer zornigen Bewegung ein, ich sah Kolokotroni's Emissäre unter ihnen herumschleichen!

Der Lord blieb gefaßt. Sein Sie ruhig, Capitän Gamba! sagte er; berichten Sie, was vorgefallen. Welchen Vorwand haben die Truppen?

Einen lächerlichen, nichtigen Vorwand! versetzte Gamba gefaßter. Sie verlangen, daß aus ihren Reihen zwei Generale, zwei Obersten, zwei Hauptleute und die entsprechende Anzahl sonstiger Offiziere ernannt und bezahlt werden, so daß, ich habe mit ihnen gerechnet, auf diese vierhundert Sulioten etwa hundertfünfzig Mann mit einem Rang kommen würden.

Ebenso habgierig als lächerlich! rief Maurokordatos; man sollte diesen Plan mehr dem Räuber Odysseus als dem wenigstens militärisch tüchtigen Peloponnesier zutrauen.

Das ist noch nicht Alles! fuhr Gamba fort. Sie wollten für die sogleich zu ernennenden Offiziere den Sold für einen Monat rückwärts und verlangten als

Garantie dafür das Arsenal zu besetzen. Die Philhel=
lenenwache an dem Thor desselben leistete natürlich Wi=
derstand, es kam zu Thätlichkeiten, und der wackere
Schwede Saß wurde von den Sulioten getödtet, welche
ihrerseits auch einen Mann verloren.

Jetzt fuhr der Lord in plötzlicher Wuth auf. Fas=
sen Sie keinen zu schnellen Entschluß, Mylord, suchte
ihn Maurokordatos zu begütigen.

Blut vergießen sie, das Blut Derer, die gekommen
sind, ihnen zu helfen! rief Byron. Wir sollten sie mit
Kartätschen zusammenschießen lassen! Capitän Gamba!
gehen Sie und kündigen Sie der Truppe an, daß sie
seit diesem Augenblick aus meinem Dienst entlassen ist
— unwiderruflich! Die Expedition nach Lepanto, setzte er
dann, als Gamba das Zimmer verlassen, gegen den
Fürsten gewendet hinzu, wird nun wohl unterbleiben
müssen.

Ohne die Kerntruppen allerdings, versetzte Dieser.

Eine kurze Pause erfolgte, dann entstand der frühere
Tumult wieder, näher und dann dicht vor dem Hause,
schwere Schritte von Bewaffneten dröhnten die Treppe
herauf.

Die Sulioten kommen! rief der Lord. Gehen Sie,
mein Fürst, denn Ihr Leben ist in Gefahr, wenn Sie
von den Bluthunden getroffen werden.

Ich achte mein Leben gegen solche Schurken nicht, versetzte Maurokorbatos kalt.

Byron versuchte vergeblich, ihn aus dem Zimmer zu drängen. Mit ruhiger Höflichkeit bat der Fürst den Lord, ihn an seinem Platz zu lassen.

Jetzt wurde die äußere Thür aufgerissen, und ein Trupp Sulioten stürzte herein, zum Theil blutbefleckt, mit zerrissenen Kleidern, die blanken Waffen schwingend. Ihr Wuthgeschrei erhob sich, als sie Maurokorbatos erblickten, und einige der langen Flinten hoben sich sogleich gegen ihn, der unbeweglich dastand und einen festen Blick auf die Meuterer richtete.

Der Lord trat den Eingedrungenen einige Schritte entgegen mit solch entschlossenem Ausbruck der Bewegung, daß die Vorbersten zurückwichen und eine augenblickliche Stille eintrat.

Was wollt ihr? herrschte er sie an.

Einige versuchten zu sprechen.

Senkt eure Waffen, rief der Lord wieder, ehe ihr zu einem Höhern, als ihr seid, sprecht!

Die Flinten senkten sich, die gezogenen Säbel klirrten in die Scheiden.

Sprecht jetzt! Was wollt ihr!

Sold! Unsern Sold! sagten mehrere Stimmen durcheinander.

Was ihr von mir an Sold zu erhalten habt, werdet ihr erhalten, obgleich ihr es in Gestalt von Kugeln verdient habt! Aber fort von hier! Bin ich der Zahl= meister? Rebellen! blutige Rebellen! nicht meine Sol= daten mehr! Sucht euch einen Räuberhauptmann! der paßt für euch! Und nun fort mit euch! Geht!

Der Lord war dicht vor die Sulioten hingetreten. Sein Auge, mit hervorgetretener Pupille, rollte und strahlte sie an, wie in Feuer schwimmend. Die troßi= gen Gebirgskrieger, welche so oft vor den Heeren Ali Pascha's gestanden hatten, wichen vor der Hoheit des einzelnen Mannes zurück, und verloren sich, Einer nach dem Andern, betreten aus der Thüre.

Das Zimmer war kaum leer, und der Lord noch nicht von seiner Aufregung zurückgekommen, als von ei= ner andern Seite der Ingenieur Parry hereinstürzte.

Verrath! Verrath! waren seine ersten Worte, die Spezzioten haben den Hafen verlassen.

Sie kreuzen wohl, versetzte Maurokordatos, sich müh= sam vor dem Stoß dieser Nachricht zusammenraffend.

Sie kreuzen nicht, sie haben uns ganz und gar ver= lassen! wiederholte Parry.

Und ich, stammelte der Fürst leichenblaß, habe mein Wort verpfändet, daß sie wenigstens zwei Monate im Hafen bleiben würden.

Byron war bei den Worten Parry's auf einen Sitz gesunken. Er erhob sich, schwankte nach einer in der

Nähe stehenden Wasserflasche und trank ein Glas aus. Leichenblässe deckte sein Gesicht, die ganze Spannkraft der vorherigen Aufregung schien sich ins Gegentheil verkehrt zu haben. Er suchte nach dem Fürsten hinzugehen, allein er zitterte hin und her und nach zwei Schritten fiel er um und in des herbeispringenden Parry Arme. Heftige Krämpfe durchzuckten einige Secunden lang seinen Körper, allein ehe noch Maurokordatos zur Hülfe beispringen konnte, war der Anfall vorbei, und der Lord sank, bleich und matt, in einen Stuhl.

Wir treten vor das Bett eines Fieberkranken.

Dem Anfall, welchen der Lord in Folge des Auftritts mit den Sulioten gehabt, waren andere ähnlicher Natur gefolgt. Die Gründe für eine Verschlimmerung seines Zustandes lagen theils in dem Gram über die Vereitelung der auf eine baldige Befreiung Griechenlands gerichteten Hoffnungen, theils in dem ungünstigen Klima der sumpfigen, halb überschwemmten Stadt, deren Umgebungen dem Lord keine Gelegenheit für seine gewohnten Körperbewegungen gaben, und endlich in verschiedenen Erkältungszufällen, denen er durch besonderes Mißgeschick ausgesetzt worden war.

Seine Umgebung hat endlich die Gefahr bemerkt, in welcher dieses Leben schwebt. Mit bleichen, übernächtigen Gesichtern schleichen Tita und Fletcher durch das Zimmer, Graf Gamba sitzt in halbem Stumpfsinn und gänzlicher Rathlosigkeit in einem Stuhl, Parry geht mit ruhiger Umsicht anordnend ab und zu, soviel es ihm seine Beschäftigung in den Werkstätten erlaubt. Von Maurokorbatos kommen Boten auf Boten, um sich nach dem Befinden des Kranken zu erkundigen. Stanhope und Trelawney sind auf verschiedenen Missionen abwesend.

Der junge Arzt, welchen wir schon auf dem Schoner kopflos gesehen, Doctor Bruno, ist beständig anwesend, allein die Unsicherheit seiner Bewegungen und der beständige Wechsel in seinen Anordnungen verräth, wie sehr er über die Natur und die nöthige Behandlungsweise der Krankheit mit sich selbst im Unklaren ist. Eine betrübte Unordnung herrscht in dem Krankenzimmer, denn keine weibliche, ordnende Hand waltet dort, und der Eifer der bestürzten Freunde verwirrt mehr, als er zu helfen vermag.

Wie befinden Sie sich nun, Mylord? fragt der Arzt, zu dem Kranken hintretend, welcher aus einem leichten Schlaf erwacht ist.

Etwas gestärkt, Doctor!

Ich muß Ihnen wiederholen, Mylord, daß ein Aderlaß von Tag zu Tag nöthiger wird.

Und ich wiederhole Ihnen, Doctor, daß ich mich nicht dazu nöthigen lassen werde.

Mylord! sagte Fletcher hinzutretend, Doctor Millingen ist da. Wollen Sie ihn jetzt nicht zulassen?

Bruno verzog das Gesicht.

In Gottes Namen denn, sagte Byron.

Der zweite Arzt, ein Engländer, trat ein und nach einer Untersuchung des Kranken, und einer kurzen Berathung mit Bruno erklärte auch er sich entschieden für die Nothwendigkeit eines Aderlasses.

Der Lord entgegnete heftig: Es ist einmal mein stärkstes Vorurtheil, daß ich kein Blut auf diese Weise verlieren will! Ich habe meiner Mutter versprochen, es nie mit mir vornehmen zu lassen. Bringen Sie Gründe, soviel Sie wollen, Sie werden meine Abneigung nicht überwinden!

Die Aerzte wiederholten ihre Vorstellungen.

Reid selbst, rief der Dichter dagegen, sagt, daß mehr mit der Lanzette als mit der Lanze gemordet wird!

Aber, versetzte Millingen, es bezieht sich diese Bemerkung auf die Nerven- und nicht auf die Entzündungsfieber.

Nun, wer ist denn nervenkrank, wenn ich es nicht bin? Und er sagt ferner, einem Nervenkranken Blut nehmen, heiße ebensoviel als die Saiten bei einem Instrumente abspannen, welches ohnedies schon wegen Mangel an Spannung keinen Ton mehr geben will. Ein Aderlaß wird mich unfehlbar tödten. Ich hatte schon mehr Entzündungsfieber in meinem Leben und habe sie alle ohne Blutverlust überstanden.

Millingen erinnerte den Lord an die Wichtigkeit seiner jetzigen Stellung in dem bedrängten Lande und an die Verantwortlichkeit der Aerzte diesem gegenüber.

Wenn meine Stunde gekommen ist, unterbrach ihn der Dichter, werde ich sterben, mit oder ohne Aberlaß.

Einige Tage sind voüber, noch zwei andere Aerzte sind zugezogen, sie stimmen Alle über die Nothwendigkeit einer Blutentleerung überein, und endlich erfolgt der Aberlaß und wird wiederholt — allein es ist zu spät und der Zustand des Kranken wird hoffnungslos. Er selbst ist, wenn ihn das Fieber verläßt, matt, aber von selbstbewußter Ruhe. Er bekümmert sich um das Befinden seiner Diener, um Gamba, welchen eine Verletzung am Fuße mehrere Tage in seinem Zimmer gehalten hatte, und hat die Freude, ein Schreiben von dem türkischen General Yussuf Pascha zu erhalten, worin Dieser für die von Byron bewirkte Loslassung mehrerer Gefangenen dankte.

Nach abermaligen Beobachtungen und Berathungen beschließen die Aerzte, gegen den Widerspruch Millingens, dem Kranken als letztes, gewagtes Mittel einen starken Trank von beruhigender Wirkung zu geben. Der zum Krankenpfleger besonders geschickte Parry giebt ihm den Trank ein. Ehe sich die Wirkung desselben äußert, ruft der Dichter Fletcher an sein Bett. Er soll seine letzten

Wünsche vernehmen. Eine Reihe unzusammenhängender Worte entströmt dem Munde des Kranken: Zu meiner Schwester . . . sag' ihr . . . zu Lady Byron . . . ich will sie sehen . . . sage . . . Augusta . . . Ada . . . Teresa . . . nun weißt du Alles!

Mylord! ruft Fletcher in Verzweiflung, ich habe Sie kein Wort verstehen können!

Nicht verstehen? . . . O Gott! . . . Wie schade! . . . Dann ist es zu spät! . . . Dann ist alles vorbei.

Ein schwacher Fieberanfall tritt ein.

Meine Schwester! . . . mein Kind! stöhnt der Kranke; dann richtet er sich lebhaft auf, er sieht die Bresche vor sich, er commandirt eine Truppe ins Feuer: Vorwärts! vorwärts! Muth! Mir nach! ruft er mit starker Stimme und sinkt in die Kissen zusammen. Die Wirkung des Trankes macht sich jetzt geltend, allein mit seiner Ruhe kommt die des Todes.

Wir verfolgen das letzte Ringen eines noch jugendlich starken Lebens mit dem Tode nicht weiter. Einmal öffnet sich noch im letzten Moment das Auge und ist sogleich wieder geschlossen — für immer.

Am nächsten Morgen feuerte die große Batterie der Festung siebenunddreißig Schüsse ab, Einen für jedes Lebensjahr des todten Griechenfreundes. Drei Tage lang waren alle Geschäftsbureaus, selbst die Gerichts-

sitzungen und alle Läden mit Ausnahme derer, welche
der belagerten Stadt Proviant und Arzneimittel ver-
kauften, geschlossen, nicht die geringste Feier begrüßte
das grade herankommende Osterfest, und eine officiell
angeordnete dreiwöchentliche Trauer wurde von den
Bewohnern der Stadt von ganzem Herzen streng ein-
gehalten.

Am 22. April des Jahres 1824 bewegte sich ein
feierlicher Leichenzug durch die Stadt Missolunghi nach
der Sanct Nicolaskirche, wo Marcos Bozzaris und
General Normann begraben liegen. Kein Prunk und
Pomp schmückte diesen Leichenzug, noch den rauhge-
arbeiteten, mit einem schwarzen Mantel überdeckten Sarg,
auf welchem ein Helm, ein Schwert und eine Lorbeer-
krone lagen, allein die tiefe Niedergeschlagenheit, welche
auf jedem Gesicht des zahlreichen Zuges lag, sprach davon, wie schmerzlich der Verlust empfunden wurde.

Drei Tage lang blieb der Sarg in der Kirche stehen,
und die Todtenwache hielt ein Truppencorps, welches
der Dichter unter seinen Befehlen gehabt hatte. Von
Odysseus kam ein Bote, welcher die Beisetzung der
Leiche in dem Thesenstempel bei Athen verlangte.
Allein nach dem Wunsch seiner Schwester Augusta
wurde der todte Dichter eingeschifft und in der kleinen
Dorfkirche von Hucknall bei Newstead in dem Familien-
begräbniß der Byron begraben.

13 *

Gegen ein Project der Beisetzung in der Westminster Abtei hatten sich die würdigen Geistlichen dieses Platzes erklärt. Sie setzten den Dichter dadurch an die Seite seines großen Vorgängers Milton, welchen seinerzeit ein Decan der Abtei ebenfalls von dort ausgeschlossen wissen wollte.

Die Ströme des Segens und der Thränen, welche aus ganz Europa dem Dichter in sein Grab folgten, mochten diesen Abschlagsbescheid wohl verwischen, und ebenso das Gift, welches die englische Parteikritik nicht unterlassen konnte, früh und spät auf dieses Heldengrab zu spritzen.

Am Tage nach dem Tode sprengte ein einzelner Reiter schnell auf dem Wege nach Missolunghi hin. Trelawney beeilte sich möglichst, denn er war von der Kunde eines ernsthaften Unwohlseins seines Freundes beunruhigt. Jetzt begegnete er auf der einsamen Straße einem Soldatentrupp, der nach einem Fort zog. Trelawney hielt an, um nach Neuigkeiten zu fragen, allein die Zunge versagte ihm den Dienst, und er ließ den Zug schweigend vorbei, dann ermannte er sich, sprengte nach und fragte den letzten der Soldaten: Was giebt es in Missolunghi?

Lord Byron ist todt, versetzte der Gefragte eintönig, ohne anzuhalten.

Die Welt hat ihren größten Mann und ich meinen besten Freund verloren, sagte der Capitän vor sich hin, als er sein Pferd langsam wieder nach der Stadt wandte, und zwei Thränen, wohl die ersten seines Lebens, rollten in den Bart des rauhen Kriegsmannes.

XI

Ein Jahr später geschah, an dem Begräbnißtage des Dichters, in einer kleinen Kirche einer nordital ienischen Stadt, die Einkleidung einer Novize. Die Gräfin Teresa kehrte in das Kloster zurück, in welchem sie zur Jungfrau herangereift war. Sie wurde zur Schwe= ster Heloise, ihre jugendliche Weltentsagung durch die Wahl dieses Namens andeutend.

Druck von G. F. Melzer in Leipzig.